# * MELANA *

# GEFANGEN
# IN DER WÜSTE

## Melany de Isabeau

© 2024 Melany de Isabeau
Verlag: BoD · Books on Demand
GmbH, In de Tarpen 42, 22848
Norderstedt
Druck: Libri Plureos GmbH,
Friedensallee 273, 22763 Hamburg
ISBN: 978-3-7693-0435-0

Allein in dem sehr engen, fensterlosen Raum. „Verdammter Mist!" Trotzdem getraute sie sich kaum, die Worte laut auszusprechen.Wer wusste schon, ob sie in diesem dunklen, kargen Loch überwacht wurde? Durch die milchig trübe Oberlicht – Glasscheibe über der Tür fiel kaum Licht herein. Gerade genug, die triste, gelbgraue, abblätternde Farbe an den nackten Wänden in einer um die Vorherrschaft kämpfenden Dunkelheit zu erkennen. Der winzige Raum maß nicht mehr als zwei mal drei Meter. Das einzig positive: Die schale, abgestandene Luft hier drinnen war noch angenehm kühl, aber das war ihr zu diesem Zeitpunkt noch nicht bewusst.

Melana schloss die Augen und ließ sich mit dem Rücken gegen die Wand fallen, an der sie langsam zu

Boden rutschte. Jetzt war sie ernsthaft in Schwierigkeiten. Zum ersten Mal in ihrem Leben!

Ihre flache Hand schlug auf den staubigen Linoleumboden. Wie hatte es nur soweit kommen können? Melana suchte nach dem Moment, als ihr die Kontrolle entglitten war.

Eigentlich sollte sie in diesem Augenblick hunderte Kilometer entfernt von diesem schaurigen Ort sein! Aber anstatt auf einem bütenweißen Strand unter Palmen die Sonne zu genießen, steckte sie in diesem erbärmlichen Mistloch fest.

Und jede Sekunde, die sie hier verbrachte, ging von ihrem wertvollen, wohlverdienten Urlaub ab. „Zum Teufel noch mal.", sie stöhnte leise. Wenn die Zuhause wüssten, wo ich hier stecke... Für einen Moment drang das Gefühl der Reue in ihr auf, doch Melana erstickte es rechtzeitig. Sie traf keine Schuld. Nicht Melana Bodos! Schließlich hatte sie sich dieses Geschenk verdient. Insgeheim konnte sie Andre nur auslachen... Dieser Schwachkopf hatte tatsächlich geglaubt, diese Reise stünde ihm zu. Als Auszeichnung für seinen Ehrgeiz, sein besonderes Engagement. Doch Melana hatte ihren Widersacher bereits im Vorfeld ausgemacht und geeignete Maßnahmen ergriffen. Es ist eben alles stets nur eine Frage der richtigen Organisation. Aber das hatte dieser Trottel nun sicher auf diese harte Tour gelernt. Ihre Lippen verzogen sich zu einem Grinsen. Es kann nur von Vorteil sein, wenn man jemanden kennt, der auch noch jemanden kennt... und das dieser dem einem Gefallen schuldig ist. Fressen, oder gefressen werden!

So ist das nun einmal. Der Bessere wird schließlich nur durch die Kriterien bestimmt, die gerade als Maßstab dienen.

Noch immer staunte sie darüber, was für eine Lawine gezielte Änderungen in Datenbeständen auslösen konnten. Mit diesem Ausmaß hatte sie nicht gerechnet, aber um so besser. Sie hatte ihren Job gutgemacht. Das getan, was von ihr erwartet wurde. Einfach gewinnen, wie immer.

Dafür und für nichts anderes hatte sie diese Reise als Gratifikation verdient. Überrascht und je völlig aus dem Häuschen hätte sie bei der Übergabe sein müssen! Melana war keine große Schauspielerin, aber mit den meisten Situationen kam sie jedoch schon klar.

Aber, dass gerade dieser Schwachkopf von Andre, ihr dieses Geschenk überreichen musste, damit hatte sie nicht gerechnet. Es geht doch nichts über den anerkennenden Händedruck eines Kontrahenten. Melana leckte sich die Lippen. Vermutlich hat Andre überhaupt nicht geschnallt, was eigentlich passiert war.

Oh Gott, wie der sich über diese Anerkennung gefreut hätte! Weniger der Urlaub an sich, mehr die Art der Wertschätzung.

Palmen, Strand, Meer.

Nun, die drei Wochen Entspannung würden ihr gut tun! Vor allem musste sie all diese Idioten nicht mehr sehen, die sie tagtäglich umgarnten! Urlaub, das sollte es werden... und nun noch dieser verdammter Schlamassel! Wie konnte sie nur in so etwas hinein geraten?

Noch gestern Abend war sie nichts ahnend ins Flugzeug gestiegen.

Damit hatte alles, je begonnen! Das flaue Gefühl in der Magengegend. Wahrscheinlich würde ihr in der Firma niemand glauben, dass sie tatsächlich unter Flugangst litt. Normalerweise versuchte sie jedoch, Füge zu umgehen, wo immer dies möglich war.

Sie staunte immer wieder aufs neue, wie viele Menschen in so ein Flugzeug hineinpassen. Der Trubel, die Hektik beim Check in. Das alles lief vor ihr ab, wie in einem Film. Irgendwie erzeugte es eine Art... von Stolz, endlich unter denen zu stehen, die sich so etwas leisten konnten. Schließlich hatte sie es geschafft, auch wenn die Reise nur eine Auszeichnung war, nur ein Symbol ihres Erfolgs. Der Rest würde sich schon noch ergeben.

Und ihre Höhenangst?

Diesmal war es etwas anderes. Einem geschenkten Gaul... Sie stellte sich Andre an ihrer Seite vor.

Nein! So war es schon besser! Sogar einen der begehrten Fensterplätze hatte sie ergattert.

Die Luft in der Maschine war warm. Melana ging zu ihrem Platz. Gierig versuchten ihre Blicke all die neuen Eindrücke aufzusaugen. Neben ihr nahm ein älterer, graumelierter Herr platz, dessen Gesicht genauso rund war, wie die Gläser seiner Nickelbrille. Trauenweise strömten die Menschen an ihrer Sitzreihe vorbei. Melana kümmerte sich nicht weiter darum. Sie starrte durch das handtellergroße Fenster auf die Startbahn. Wie würde sich dieser Blick jedoch anfühlen, wenn die Maschine erst in mehere tausend Meter in der Höhe schwebte.

Die riesigen Betonplatten der Startbahn schienen von hier aus fast fugenlos verlegt. Noch immer wirkte diese gewaltige Betonfläche da draußen beeindruckend. Dagegen sah das stolze Terminalgebäude geradezu lächerlich aus.

Plötzlich entstand Bewegung neben ihr.

Entschuldigen sie bitte, aber ich glaube, dass ist mein Platz."

Entgeistert starrte sie auf den Störenfried, welcher ihre Flugaussicht so grob unterbrochen hatte. Doch zum Glück wurde nicht sie, sondern der Herr neben ihr angesprochen.

Tut mir leid, aber wenn ich innen am Gang sitze, wird mir jedoch schnell schlecht", hörte sie ihn sagen.

Ich brauche den Sichtkontakt nach draußen, junger Mann."

Dann hätten sie sich doch eine andere

Platzkarte geben lassen müssen."

Der Neuankömmling war höchstens vier Jahre älter als sie selbst und trat äußerst selbstbewusst auf.

Der alte Mann gab aber noch nicht auf.

Kommen sie mir bitte nicht so, junger Freund. Ich habe mich extra zwei Stunden eher im Terminal angestellt."

Wie es aussieht, hat ihnen das nicht viel genützt."

Die Worte brachten das Fass zum Überlaufen. Melana sah die beiden an, dass es nicht mehr lange dauern konnte, bis die Angelegenheit in einer offenen Auseinandersetzung eskalierte.

Vielleicht rücken sie ans Fenster, dann kann der junge Mann auf seinen Mittelplatz und ich setze mich auf den Sitz am Gang." Die Worte lagen ihr auf den Lippen, doch Melana schluckte sie wütend... hinunter. Das war ihr Platz, hart erkämpft, basta.

Sie sah dem jungen Mann beiläufig in die Augen und erschauderte. Oh man, dieses Lächeln in seinem Gesicht, das hatte sie so nicht erwartet, als dieser antwortete:

In diesem Fall muss ich wohl auf meinen Platzanspruch verzichten. Obwohl ich es äußerst bedaure, auf den Sitzplatz neben so einer schönen Frau zu verzichten."

Melanas Gesicht rötete sich. Sie schuckte und schnappte nach Luft, während sich der Neuankömmling ohne ein weiteres Wort auf den Innenplatz am Gang setzte. Es dauerte eine Weile, bis sie ihren Herzschlag wieder kontrollierte. So etwas passiert nicht alle Tage.

\*

Inzwischen war die Maschine schon seit geraumer Zeit auf Reisehöhe. Melana vermied den Blick aus dem Fenster. Schon allein der Gedanke an etwa 9 Kilometer frischer Luft unter ihren Füßen ließ sie erschaudern.

Heimlich starrte sie zu ihren Sitznachbarn hinüber. Die zwei schienen längst versöhnt. Jedenfalls hatte der Alte seinen Platz behalten, überlegte Melana, und dieser Loser da drüben hatte klein beigegeben. Die Welt war halt nichts für Verlierer. Ein Glück saß sie jetzt nicht direkt, neben ihm. Obwohl... Auf eine Art wirkte der Kerl auf dem übernächsten Sitzplatz trotzdem interessant. Vielleicht mehr, als sie sich eingestehen wollte. Irgendwie hatte sie das Gefühl, noch nie zuvor so jemanden getroffen zu haben.

Du spinnst doch, Melana!", rief sie

sich selbst zurecht. Inzwischen war es immerhin schon nach zwei Uhr nachts. Um diese Uhrzeit konnte man jedoch manchmal rechten Blödsinn zusammen denken.

Immer wieder fielen ihr die Augen zu, doch Erschütterungen oder Luftlöcher ließen sie mit gleicher Regelmäßigkeit wieder aufschrecken. Plötzlich saß dieser Kerl neben ihr auf dem Sitzplatz und tastete nach ihrer Hand. Sie konnte die heißen Spitzen seiner Finger auf ihrem Unterarm spüren. Ihr Herz begann zu rasen, als seine Fingerkuppen fast berührungslos und unendlich zärtlich über ihre Haut strichen.Dann rutschte ihr Kopf gegen eine harte Kante, und sie schrak erneut auf.

Melana schüttelte sich, um wieder einen klaren Kopf zu bekommen. Buh, so etwas passierte nur, wenn ihr

Körper jedoch schlafen wollte, die Umstände dies jedoch nicht zuließen. Und der gestrige Tag war zweifellos anstrengend gewesen. Schon allein die Fahrt zum Flughafen...

Sie bettete ihren Kopf erneut in die hohe Rückenlehne und beobachtete unter halb geschlossenen... Lidern die Person auf dem Sitz ganz innen am Gang. Vielleicht ging der Traum ja weiter? Old Weißhaar verdeckte zwar den Großteil ihrer Sicht, aber das, was sie sah, genügte Melana voll und ganz. Kurzes,blondes Haar, noch heller als ihr eigenes. Das Gesicht war gut geschnitten, überhaupt war an der äußeren Erscheinung kaum etwas zu mäkeln. Alles was sie sich ausmalte, war Illusion, das wusste sie. Schon bald würde sie ihn aus den Augen verlieren und ihn nie wieder sehen. Doch war ihr das, zu diesem

Zeitpunkt noch nicht klar, wie bald das sein würde.

*

Der schrille Klang eines Signaltones riss Melana jäh aus dem Schlaf.

Werte Passagiere. Wir bedauern diese Unterbrechung des Linienfluges 196. Es besteht auch gar kein Grund zur Beunruhigung."

Die Stimme der Stewardess erschien Melana zittrig und strafte ihre Worte Lügen.

Es sind Probleme mit dem hinteren Leitwerk aufgetreten. Es besteht jedoch wirklich gar kein Grund zur Sorge. Die Zwischenlandung wird nicht mehr als eine Stunde ihrer Zeit in Anspruch nehmen. Schnallen sie sich an und verhalten sie sich ruhig. Wir bitten sie, diese Unannehmlichkeiten zu entschuldigen."

16

Mit dem lauten, fiesen, Quietschen einer unkontrollierten Rückkopplung endete die Ansage.

Der Boden unter Melanas Füßen begann zu beben. Das fehlte gerade noch. Sie flog fast nie, und dann das! Folgsam griff sie nach dem Sicherheitsgurt und schnallte ihn um. Was sollte dieses Ding schon nützen, wenn man mit 1000 Stundenkilometern auf den Boden aufprallte. Alles um sie herum schien leicht zu schwanken. Sie schluckte. Es schien, als wollte ihr der Druck auf den Ohren das Gehirn durch die Nase pressen. Sie starrte zum Fenster hinaus. Alles Schwarz. Als hätte jemand draußen einen Fetzen schwarzen Stoff vor die Scheibe geklebt. Wo waren sie? Wie weit ging es dort jetzt noch hinunter? Melana hoffte,dass es noch weit bis zum Boden war.

Auf alle Fälle verloren sie massiv an Höhe. Wenn man draußen wenigsten Wolken, oder Lichter zu sehen gewesen wären. Doch stattdessen wirkte das Fenster bei dieser Innenbeleuchtung wie ein vollkommender Spiegel.

Melana, wenn du draußen Lichter siehst, ist es bereits... zu spät!", meldete sich eine Stimme in ihrem Kopf. Sie schluckte und schloss die Augen. Oh Gott, oh Gott. Das flaue Gefühl im Magen. Stürzen sie nun unkontrolliert in die Tiefe? Ihr Körper fühlte sich jedoch seltsam schwerelos an. Sie sah zu dem Platz am Mittelgang hinüber. Der junge Mann sah ihr in die Augen und lächelte verbissen. Keine Sorge, es wird schon alles gut gehen, versuchte dieser Blick ihr zu sagen.

Dann setzte die Maschine auf.

Im ersten Augenblick hätte Melana beinahe aufgeschrien, dann gewann sie die Fassung über sich zurück. Gott sei Dank! Ich liebe dieses Stückchen Land! Das Flugzeug holperte über die Landepiste. Melana empfand sie als extrem uneben. Jedenfalls waren sie jetzt hier, unten auf der sicheren Erde.

Keine fünf Minuten später befand sie sich bereits auf der Gangway.

Eisiger Wind pfiff ihr um die Nase. Noch immer außer Atem, betrat sie die Betonpiste. Ein seltsames Gefühl durchströmte ihren Körper. Es fühlte sich so eigenartig anders an, als hätte sie jahrelang keinen festen Boden mehr unter den Füßen gehabt. Am liebsten wäre sie sofort auf die Knie gefallen, um den Boden zu küssen.

Die Landebahn jedoch, war fast weit, unbeleuchtet. Nur an dem Terminalgebäude hing ein großer, blendender Halogenstrahler. Allein der Begriff Terminal war völlig übertrieben. Vielmehr handelte es sich um eine zu groß geratene Baracke.

Melana folgte dem Menschenstrom aus dem Flugzeug zum Gebäude und wäre mehrmals fast über Grasbüschel gestolpert, die vereinzelt zwischen den Betonplatten wucherten. Fünf Stufen bis zur Eingangstür. Darüber konnte sie ein mit lustigen Schriftzeichen sehen. Daneben standen auch die Buchstaben „terminal".

Wenigstens war dort drinnen kein beißender Wind, schließlich hatte sie nur ihr kurzes Shirt übergezogen. Wer konnte denn ahnen...

Im Normalfall wäre sie in einigen Stunden bei heller Morgensonne an einem warmen Ort ausgestiegen, an dem niemals schlechtes Wetter war.

Der Innenraum der Terminal-Baracke sah deutlich viel besser aus, als das Äußere vermuten ließ. Kühl und beinahe modern fiel ihr dazu spontan ein. Ein Großteil der Wände war mit hellgrauen Kunststofftafeln jedoch verkleidet, die zwischenwand gegenüber dem Eingang aus getöntem Plexiglas. Dahinter konnte sie nun auch, Absperrungsgeländer erkennen, zwischen denen sich Leute anstellen konnten, sowie Ketten und jede Menge Hinweistafeln. Sie selbst... befanden sich jetzt in einem Warteraum. Die Wände waren von ausklappbaren Sitzgelegenheiten gesäumt. Mitten im Raum standen Tische und Stühle, wie in einer Imbissgaststätte. An der Wand tickte eine riesige Bahnhofsuhr lautstark vor sich hin. Melana hätte sich am liebsten auf einer der Sitzbänke lang gemacht und geschlafen. Die Müdigkeit wollte ihre Lider mit aller Macht zuziehen.

Kurze Zeit später tauchte dann die Stewardess mit einem Servierwagen und Kaffee auf. Genau das, was Melana in diesem Augenblick, nötig brauchte. Mit einem dankbaren Lächeln nahm sie den dampfenden Pott entgegen. Wo war denn der Kerl vom Mittelgangsitz? Sie sah sich um. Dann lächelte sie ihm zu und hob den Kaffeepott zum Gruß. Dieser lächelte zurück. Ein warmes Gefühl schien sich in Melana breit zu machen. Ein Gefühl, dass sie jedoch, alles andere vergessen ließ und das nicht nur vom Kaffee kam.

Als die belegten Brötchen hereinrollten, hatte Melana ihre Tasse bereits geleert. Bestürzt stellte sie fest,dass ihr Handgepäck noch immer im Gepäckraum des Flugzeugs lag. Fünfeurofünfzig pro Tasse! Das waren die reinsten Wucherpreise. Sie winkte der Servierein dankend ab und würgte das Semmelbrötchen trocken hinunter. Immer häufiger traf ihr Blick die große Wanduhr. Jetzt saßen sie schon über eine Stunde in diesem Wartesaal fest. Vielleicht hatte das Flugzeug doch größere Probleme, als die Besatzung zugeben wollte?

Langsam begann ihr der Rücken von der harten Sitzbank zu schmerzen.

Nach knapp eineinhalb Stunden wurde das Bedürfnis, sich zu bewegen fast unerträglich. Doch ein anderes Bedürfnis befahl ihr, lieber ruhig sitzen zu bleiben. Bis jetzt hatte sie noch nirgends ein Hinweisschild für Toiletten entdeckt. Das würde je warten müssen, bis sie nun wieder im

Flugzeug saß. So lang konnte ja eine Stunde auch nicht mehr werden.

Dann sah sie einen Mann im mittleren Alter, der Aufstand und den Raum durch eine in der dunklen getönten Glaswand verließ. Einem inneren Instinkt folgend, sprang Melana auf und folgte diesem Mann.

*

Die Türklinke fühlte sich kühl an. Dann befand sie sich auf der anderen Seite der getönten Glaswand. Melana blickte sich suchend um. Wo war er hingegangen? Irgendwo hier musste es schließlich so etwas wie eine öffentliche Toilette geben. Sie sollte sich beeilen. Dann sah sie das fleckige Schild mit dem schwarzen Pfeil und dem Pärchen darunter. Unwillkürlich musste sie an den Kerl vom Mittelgangsitz denken.

Das war jetzt eindeutig nicht der richtige Zeitpunkt für solche Gedanken. Keine Minute später war sie hinter der schweren Metalltür verschwunden, um sich dann zu erleichtern. Damals war ihr noch nicht klar gewesen, dass das die letzten Minuten ihres schwer verdienten Urlaubs werden würden. Auch von den schattenhaften Gestalten, welchen durch die nahe gelegene Fluchttür aus der Nacht gewaltsam ins Terminal eindrangen, erfuhr sie nie etwas. Lediglich das knischende Geräusch, mit dem das Innenleben des Türschlosses seinen Geist aufgab, hörte sie bis in den schmutzigen, gefließten Nachbarraum, konnte jedoch den Laut nicht zuordnen.

Lautlos huschten die Schatten an dem fleckigen Schild mit dem Pfeil vorbei, während niemand damit rechnete, dass die Brandschutz – und Fluchttür nicht nur mit dem Alarmsystem, sondern auch mit dem System für den stummen Alarm je gekoppelt war. Wenige Augenblicke später wimmelten unzählige Sicherheitskräfte durch die menschenleeren Gänge.

Ein phantastisches Gefühl! Als ob man, jedoch, einen schweren Unfall unbeschadet überstanden hatte. Selten hatte sich Melana so wohl gefühlt.

Mit einem zufriedenen Lächeln auf den Lippen trocknete sie ihre Hände an dem grauen, vom Vortah noch immer feuchten, defekten Handtuchspender. Zufrieden mit sich und der Welt machte sie sich auf den Rückweg. Sie trat nun aus dem Waschraum hinaus auf den Hauptgang.

.

Das ungute Gefühl in ihrem Inneren flammte sofort auf. Unerklärlicher weise bohrte es sogar recht heftig. Vielleicht sollte sie sich jetzt lieber beeilen.

Die ruhige, und menschenleere Umgebung versetzte sie jetzt fast in Panik. Mein Gott, Melana, es gibt doch gar keinen plausiblen Grund für solch eine Reaktion", versuchte sie sich selbst halblaut zu beruhigen. Trotzdem rannte sie fast die Treppe hinauf. Weit konnte es nicht mehr sein. Nach der nächsten Biegung sah sie bereits die große, transparente Trennwand zum Wartesaal und wäre beinahe mit drei Sicherheitskräften fast frontal zusammen geprallt. Erschrocken fuhr sie zusammen.

Einer der Trios rief jedoch etwas in unbekannten Worten. Doch als sie ihn nur aus weit aufgerissenen Augen anstarrte, wurde er lauter.

Ihre Kehle war wie zugeschnürt. Melana fühlte sich, als hätte sie etwas Großes verbrochen. Von plötzlicher Panik gepackt, versuchte sie mit einem kurzen, überstürzten Sprint, die drei zu umrunden, um zur Sicherheit versprechenden getönten Glaswand zu gelangen, hinter der sich ihr ersehnter Warteraum befand. Explosionsartig entluden sich die Kräfte in ihren Beinmuskeln, bis sie die Hand auf ihrer Schulter spürte. Eine weitere griff nach ihrem Shirt. Oh mein Gott! Dann verlor sie das Gleichgewicht und der Sicherheits-beamte riss sie mit sich zu Boden. Der Aufprall auf den steinharten Bodenkacheln schmerzte. Die Zähne ihres Unterkiefers gruben sich in ihre Oberlippe. Blut spritzte in den Staub. Jetzt hatten die drei, sie umringt.

Der eine drückte ihr Gesicht gegen den kalten Fußboden und schrie etwas Unverständliches. Der andere kniete auf ihrem Rücken, während der dritte versuchte ihre Beine zu zähmen.

Melana versuchte einen Blick auf die Glaswand zu erhaschen, die von einer Sekunde zur nächsten in unerreichbare Ferne gerückt war. Sie wollte schreien! Vielleicht hörte sie da drüben irgendwer. Doch sie bekam kaum Luft zum Atmen. Was wollten die von ihr? Schreie, Melana, los, los, das ist deine letzte Chance!

Aber ihrer Kehle entstieg nur ein heißeres Röcheln.

Die Schultergelenke knackten, als ihre Hände auf dem Rücken gefesselt wurden. Es schmerzte, als einer der Beamten sie daran emporzog. Er schrie sie an, als ihr Schmerz, als ein schriller Ton die Luft zerschnitt. Worte, die sie nicht verstehen konnte. Das musste jemand auf der anderen Seite der Glaswand hören, verdammt noch mal! Die drehten nicht mal ihre verfluchten Köpfe zu ihr um. Speichel tropft aus ihrem Mund, der sich langsam mit dem Blut ihrer Oberlippe vermischte und über ihr Kinn auf das Shirt tropfte. Sie konnte jedoch, ihren Unterkiefer kaum noch bewegen. In einer jedoch, letzten Verzweiflungstat versuchte sie sich loszureißen. Schlug wild um sich, wenn man das im gefesselten Zustand überhaupt noch so nennen kann. Immerhin traf ihr Kopf einen der Beamten unerwartet heftig im Gesicht. Im Nachhinein betrachtet, hatte diese unüberlegte Aktion vielleicht ihr Schicksal besiegelt,doch im Moment schien ihr es als geeignet.

Kurz darauf spürte sie einen kühlen, feuchten Nebel im Gesicht, der in den Augen brannte und in der Nase biss. Sie schnappte nach Luft, doch ihr Zustand verschlimmerte sich dadurch nur noch. KO-Spray? Die eisige anhaltende Kälte, des grässlich schmeckenden Nebels war jetzt nicht nur auf ihrer Haut, sondern auch in ihr. Beharrlich schien die Kälte von ihrer Zunge, ihrem Rachen Besitz zu ergreifen, dann schlich sie durch die Luftröhre hinunter und von da aus verbreitete sie sich langsam bis in den Winkell ihres Körpers. Melana keuchte. Was war das? Was geschah mit ihr? Nein!!! Sie wollte abermals schreien,doch ihre Lippen gehorchten gar nicht mehr, den Befehlen ihres Gehirns. Ohnmächtig musste sie zusehen, wie ihre eigenen Knie den Dienst versagten und nachgaben.

Dann sackte ihr ganzer Körper zusammen. Der Rest ihres Körpers fühlte sich wie ein Eisblock an. Eine Kälte, die ihre machtgierigen Finger nach ihrem Gehirn ausstreckte. Vergessen waren die Beamten. Melanas Geist kämpfte jetzt, jedoch, ausschließlich ums nackte Überleben. Ein Kampf, den sie unmöglich auch nicht, gewinnen konnte. Verzweifelt sträubte sie sich gegen dieses Gefühl der Schwäche. Dann wurde es Nacht vor ihren Augen und sie starb.

*

Melana saß noch immer mit dem Rücken an die gelblich gekalkte Wand gelehnt, die Augen hielt sie je geschlossen. Was gab es schon neues zu sehen in dieser winzigen Zelle von drei mal zwei Metern. Ihr Schädel tat weh.Es hatte einige Zeit gedauert, bis sie erwacht war. Und noch einmal eine ganze Weile, bis sie wieder vollständige Kontrolle über alle ihre Gliedermaßen erlangte. Bis dahin hatte ihr Körper auf den staubigen Linoleum gelegen. Sie seufzte.

Etwas war gewaltig schief gelaufen! Was wollten die von ihr? Wenn sie nicht bald hier raus kam, würde sie wohl noch ihr Flugzeug verpassen. Ihr Magen knurrte lautstark nach etwas essbarem und der Durst wurde unerträglich. Wie lange hatte sie hier gelegen? Melana konnte diese Frage auch nicht beantworten. Überhaupt erinnerte sie sich nur noch recht vage an die vergangenen Stunden. Oder Tage? Was war mit ihrem Flieger, verdammt noch mal? Wenn es Tage waren...? Melana hielt sich den Kopf, der wieder zu schmerzen begann und tastete nach ihrer Oberlippe.

Auf der Wunde hatte sich eine dicke Grindschicht gebildet. Sie blickte auf ihre fleckigen, blutverschmierten Hände. Grauenvoll! Am liebsten hätte sie die Augen sofort wieder geschlossen. Wie hatte ihr nur so etwas zustoßen können?

Sie versuchte sich an die Einzelheiten zu erinnern. Wie sie am Boden gelegen hatte. Die Glaswand, so weit entfernt... Ein Stich traf ihr Innerstes. Da war keine Glaswand! Der Boden jedoch unter ihr, hatte aus einem fein geknüpften Teppich bestanden. Ihr lief es kalt über den Rücken runter. Was bedeutete das? Phantasierte sie schon?Nein! Dieser bruchstückhaften Erinnerung war sie sich ziemlich sicher. Irgendwo war da ein Teppichboden gewesen. Und dann kam die Erinnerung,als wenn sie eine unsichtbare Tür aufgestoßen hätte.

34

Nein, um Himmelswillen! Das durfte nicht wahr sein! Sie keuchte, doch die Flut der Erinnerungen brach erbarmungslos über sie herein.

Da waren diese Männer. Auf dem Tisch stand eine Lampe, die ein stechendes Licht verbreitete. Melanas Kopf dröhnte und schien jeden Augenblick zu zerbersten, was eine völlig normale Nebenwirkung des Betäubungsspray war. Noch immer ganz benommen starrte sie auf die Uniformierten, der ihr immer wieder unverständliche Fragen an den Kopf warf. Sie sah sich hilfesuchend um, doch da war niemand.

Ich verstehe sie nicht!" Und danach legte sie sich all ihren Mut und ihre Englischkenntnisse zusammen und wiederholte den Satz.

Ich kann sie, so gar nicht verstehen", verdammt noch mal.

Die Lippen des Beamten verzogen sich jedoch zu einem Grinsen und antworteten etwas. Melana erkannte, dass es sich um Englisch handeln sollte, verstand jedoch nicht einmal die Hälfte davon. Zumindest schien ihr der Andere nicht zu glauben, oder wollte er ihren Pass sehen?

Melana versuchte ihm verstädlich zu machen, dass ihre Papiere noch im Flugzeug lagen. Doch der Mann in Uniform lachte nur und schüttelte den Kopf. Hatte er sie überhaupt verstanden?

Melana, jetzt steckst du richtig in der Patsche!

Der Mann will mindestens deinen Ausweis sehen. Sie redete auf den Beamten ein, als ginge es um ihr Leben, obwohl sie zu diesem Zeitpunkt noch nicht wusste, wie sehr dies tatsächlich der Fall war.

Der Beamte wurde jedoch immer ungeduldiger. Er schien noch etwas anderes von ihr wissen zu wollen, etwas, das sie nicht einmal im Ansatz verstand. Warum sprach er ständig in der Mehrzahl von ihr? Was wollte er überhaupt?

Dann legte der Uniformierte ein Photo auf den Tisch. Melana zuckte zusammen, als sie den Sicherheitsbeamten wieder erkannte, der an ihrer Festnahme beteiligt war. Seine Nase war Blutüberströmt und sein Gesicht zeigte deutliche, tiefblaue Spuren.

Inzwischen war ihr Gegenüber jetzt aufgestanden und trat näher. Sein Atem roch unangenehm, als er ihr etwas ins Gesicht brüllte. Melana schüttelte den Kopf,weil sie nicht das Geringste verstanden hatte. Die Ohrfeige, welche sie dafür einfing, ließ das Bild vor ihren Augen gänzlich verschwimmen. Mein Gott, was sollte sie denn nur tun? Warum half ihr niemand? Sie konnte sich kaum noch auf dem Stuhl halten. Dann schrie der Beamte wieder auf sie ein. Mittlerweile schien er völlig, jedoch, die Kontrolle verloren zu haben. Zumindest konnte sich Melana nicht vorstellen, dass so etwas zu spielen war. Die rauen Hände packten ihren Haarschopf und zerrten ihren Kopf in den Nacken. Speichel spritzte aus seinem Mund. Der Mann war völlig außer sich. Sie verstand Bruchstücke, wie zerbrochen oder gebrochen und Flucht und Tod, konnte die Worte aber in keinen sinnvollen Zusammenhang bringen. Und irgendwann ließ sie eine der unzähligen scheppernden Ohrfeigen einfach vom Stuhl kippen. Vom Betäubungsspray je noch immer geschwächter Körper hisste sie die weiße Flagge. Mit einem dumpfen Poltern schlug Melana auf dem fein geknüpften Teppichboden auf. Die kleinen Männchen in ihrem Kopf hämmerten wie wild mit zentnerschweren Stahlhämmern auf sie ein. Melana schrak aus ihrem tranceartigen Zustand auf. Sie lehnte noch immer mit dem Rücken an der Wand in ihrer kleinen Kammer. Sie griff nach ihrem Kopf. Gott sei Dank, hier war sie allein! Und die Männchen in ihrem Kopf hatten sich auch etwas beruhigt.

Mein Gott, was habe ich verbrochen, um so bestraft zu werden?"

Die gehauchte Flüsterstimme ging in ihrem Schluchzen unter. Sie wusste nicht warum, aber unwillkürlich musste sie an Andre denken. Hatte das Schicksal diese Reise nicht für ihn ausgesucht? Du spinnst Melana, das hat nicht das Geringste miteinander zu tun.

Aber man hatte sie nach dem Verhör hier in diese Kammer eingesperrt? Sie zweifelte daran. Melana war sich nicht ganz sicher, aber irgendwie glaubte sie, sich noch an etwas anderes zu erinnern, einen großen Raum mit vielen Menschen.

*

Die Nachwirkungen des Betäubungsspray waren noch immer deutlich zu spüren. Benommen taumelte Melana durch die hohen Gänge des lagen Gebäudes, geleitet von den stetigen Stößen und Knuffen ihrer Aufseher, die rechts und links hinter ihr liefen und die Kette zu ihren Handschellen hielten. Sie stöhnte auf, als die zwei sie in eine andere Richtung zogen.

Ihre rechte Schulter schmerzte, als wäre sie ausgerenkt. Wut blitzte in ihren Augen auf. Wut auf zwei Aufseher. Wut auf den ganzen Saftladen hier. Brennende Wut auf die Gesamtsituation in der sie sich befand. Was hatten die mit ihr vor? Wo, um alles in der Welt, brachten die sie jetzt hin?

Dann stieß man sie in den großen Saal voller Menschen. Ein Raunen ging durch die Massen. Ängstlich und trotzig zugleich blickte sich Melana um.Unzählige Augen, welche alle auf sie gerichtet waren. Kein einziges davon blickte freundlich! Panik beschlich sie. Melana blickte an sich hinunter und erschrak. Sie hatte jedoch, auch noch immer, ihr Blutverschmiertes Shirt an. Doch die roten Kleckse waren unter der Anzahl ekeliger anderer Flecke nicht mehr so deutlich zu erkennen wie früher. Wahrscheinlich sah ihr Gesicht nicht viel besser aus. Sie strich sich mit der dunkelgrauen Hand durchs Haar, als ob das viel geholfen hätte.

Hast du es endlich erkannt, Melana, was hier abgeht, he?" Die Stimme in ihrem Kopf meldete sich wieder einmal. Klar erkannte Melana, dass es sich um eine Gerichtsverhandlung handelte. Eine, bei der sie ganz vorn sitzen würde, eine, bei der sie von vornherein zum Scheitern verurteilt war.

Folgsam setzte sie sich auf den Stuhl, welcher ihr zugewiesen wurde und ließ die Prozedur über sich ergehen.

Die hatten sogar einen Übersetzer ran geholt, der krampfhaft versuchte, ihr die Fakten mitzuteilen, doch Melanas Gedanken waren ganz wo anders.

Von dem Gerede der Richter, den Geschworenen und Anwälte bekam sie nichts mit. Lediglich den Übersetzer konnte sie bröckchenweise verstehen. Irgendwie war von einem tätlichem Angriff auf einen Sicherheitsbeamten die rede. Dann redete er jedoch noch etwas von Einbruch und Flucht... Melana sprang auf.

Das ist nicht wahr. Ich bin nur auf der Durchreise. Unser Flugzeug notlanden und da..." Sie keuchte, war völlig außer Atem. Ich suchte eine Toilette... Ich hatte keine Ahnung, dass..."

In Gedanken sah sie das Ende der Welt mit voller Geschwindigkeit auf sich zu brettern. „Du hältst das nicht länger durch, Melana!, lästerte die Stimme in ihrem Kopf. „Die machen dich fertig! Fix und fertig!"

Einer der Anwälte stolzierte im Saal

wie wild auf und ab, schien ihr jetzt, Drohungen und Vorwürfe zu machen. Melana zitterte an ganzen Leib, obwohl es nicht kalt im Verhandlungsraum war. Sie konnte dieses Kauderwelsch nicht länger ertragen.

Tu es, Melana, tu es doch endlich!"

Melana blickte erneut zum Fenster.

Mein Gott, bist du eine... Memme, Melana. Ein ewiger verdammter Verlierer!"

Sie biss sich auf die Zunge. Schien erstarrt.

Dann war es soweit. Von einem Augenblick zum Nächsten sprang sie von ihrem Stuhl auf, dass dieser polternd nach hinten umkippte. Den Anwalt in der Mitte des Saales stieß ihn je zur Seite, und sprintete zum Fenster. Soviel Kraft hätte sie sich selbst nicht einmal mehr zugetraut. Der schwarzgekleidete Anwalt ging zu Boden, aber davon bekam Melana schon nichts mehr mit. Sie hatte nur noch Augen für das Fenster. Für die Freiheit! Bald war es soweit. Sie befand sich im zweiten Stockwerk, doch von da hinten hatte es eindeutig nicht so hoch ausgesehen. Das war jetzt egal. Für einen Rückzieher war es deutlich zu spät. Noch vier Meter! Heute musste ihr Glückstag sein. Mit diesem Gedanken sprang sie ab und prallte mit voller Wucht gegen die Sicherheitsglasscheibe. Das ohrenbetäubende Krachen ihrer Knochen nahm sie nicht mehr wahr. Der Aufprall und die riesige Platzwunde an ihrem Kopf raubten ihr fast die Besinnung. Die Glasscheibe hatte nicht einmal einen Riss bekommen, als Melana zurück auf den Boden polterte.

Die Gerichtsdiener zerrten nun ihren

reglosen Körper zurück zum Stuhl. Melanas Kopf lag blutend auf der Tischplatte. Ihr Mund brummte unverständliches Zeug. Bei der Verlesung des Urteils hätte sich der Übersetzer jedoch jede Mühe sparen können.

Dann bekam sie einen großen Zettel vorgesetzt und einen Stift zum Unterschreiben. Melana blinzelte. Der Übersetzer versuchte zu erklären, doch ihr Auffassungs-vermögen war jetzt noch deutlich geringer als zuvor. Die einzigen Worte, die hängen blieben: „ keine Unterschrift, dann Gefängnis!" Also nahm sie den Stift und unterschrieb den Wisch, bevor ihr Kopf mit einem dumpfen Klonk auf die Tischplatte sackte.

*

Waren das tatsächlich alles ihre Erinnerungen? Sie schüttelte den Kopf, konnte es kaum glauben. Es hatte sie eindeutig weit schlimmer erwischt, als sie sich, jedoch selbst, eingestehen wollte. Das war alles Andres Schuld, verdammt noch mal. Das war schließlich seine Reise! Eigentlich sollte er jetzt hier sitzen und nicht ich.

Melana, ist dir überhaupt bewusst, über was für einen Unsinn du hier nachdenkst?

Ihre grauen, staubigen Finger griffen nach der Stirn, wo sie Spuren hinterließen. Auch die Platzwunde auf ihrem Kopf hatte sich inzwischen verkurstet. Und was für ein Glück. Es tat nicht mehr weh! Das hatte es auch lange genug getan. Besonders in der Minute nach der Verhandlung, als sie in einer Zelle zu Bewusstsein kam.

Erst wusste sie nicht, wo sie war. Dann brachen mit einem Mal jedoch die Dämme, und eine Flut von paar Erinnerungen, stürzte auf sie ein. Sie keuchte, schloss die Augen und wollte es als dumme Hirngespinste von sich weisen, aber das waren sie nicht! Nichts von all dem. Sie versuchte sich aufzusetzen, doch ihr Kopf begann höllisch zu schmerzen, so dass sie sich schnell wieder auf die Pritsche legte. Verflucht! Anstatt Hunger oder Durst zu verspüren war ihr einfach nur schlecht. Sie sah sich um, ohne den Kopf allzu sehr zu bewegen. Die Natursteinmauern deuteten auf ein Kellergewölbe hin. Trotzdem war es hier unten nicht feucht. Die Luft roch staubig und abgestanden. Durch die schmalen, vergitterten Fenster fielen Sonnen-strahlen und malten ein Rechteck auf den sandigen Boden. Ein Rechteck in dem drei dünne, dunkle Kreuze zu sehen waren. Melana musste ihre dunklen Phantasien im Zaum halten, um jedoch nicht grundlos in Panik zu geraten. In ihrem jetzigen Zustand konnte sie sich solchen Luxus nicht leisten.

Langsam wanderte der Lichtfleck mit dem Gittermuster durch den Raum. Wie spät mochte es wohl da draußen sein? Hier unten spielte die Zeit gar keine Rolle mehr. Da draußen! Ihr Blick haftete an der viereckigen Fensteröffnung ohne Scheibe. Nur ein schlichtes Metallgitter.

Vielleicht wirst du bis ans Ende deiner Tage in so einem Loch jedoch verkümmern, Melana?"

Sie ignorierte die Stimme. Gemessen an der Hitze, die durch das schmale Fenster in den Keller drang,musste es draußen unerträglich heiß sein, wenn sie die Wärme selbst hier unten, als ziemlich drückend empfand. Wie lange war sie schon hier? Was war mit ihrem angebrochenen Urlaub? Kein Mensch würde ihr den Urlaub ersetzen.

Schließlich ist es dein Bier, was du mit deiner Freizeit anfängst,Melana!" Doch irgendwann rasselte es an der Tür. Ein Wächter erschien unter dem steinernen Türbogen. Erst jetzt spürte sie ihren brennenden Durst. Doch der Uniformierte brachte ihr weder etwas zu essen,noch zu trinken! Stattdessen gab er ihr einen kurzen Wink, ihm zu folgen.

Melana stand von ihrer Pritsche auf und wäre beinahe gestürzt, als ihr schwarz vor Augen wurde. Es dauerte einen Moment, bis ihr Blut wieder normal zirkulierte.

Ungeduldig trat der Wächter von einem Fuß auf den anderen. Er sagte irgendetwas, doch bei Melana kamen nur bedeutungslose Silben an. Zögernd ging sie durch die Tür hinaus auf den Gang, bis der Wächter ihr einen sanften, aber bestimmten Schubs verpasste, der sie schneller laufen ließ. Den zweiten Wachmann, der auf dem Gang gewartet hatte, bemerkte sie erst jetzt. Was hatten die vor, was sollte jetzt schon wieder mit ihr geschehen? Nach jedem Quergang sah sich Melana ängstlich um. Sie musste an die drei Kreuze im Lichtfleck denken. Nein! Rief sie sich selbst zurecht. Das konnte nicht sein! Oder etwa... Was hatte der Zettel mit der Unterschrift für eine Bedeutung? Unterschreiben oder Gefängnis, hatte das nicht der Übersetzer gesagt?

Was war also die Alternative zum Gefängnis? „Drei Kreuze, Melana, drei Kreuze!"

Irgendwann stiegen ihre Füße über Steinstufen hinauf.Der Ausgang führt zu einem Hinterhof. Sie blinzelte, so grell war das Licht hier draußen. Selbst jetzt noch, nachdem der Hof im Schatten lag. Altes Granitpflaster, zwischen dem Gras wucherte. Ein alter Jeep stand neben einer Mauer, von der die bloßen Ziegel zu sehen waren da ein Großteil Verputz fehlte. Und überall war Sand. Staub und Sand!

Die Wächter führten sie quer über den Hof in das gegenüber liegende Gebäude. Ein Flachbau, nicht viel mehr als eine Baracke. Sie sah zurück. Auch das Bauwerk, aus dem sie kam wirkte einigermaßen fremdartig. Zuerst wusste sie nicht so recht, woran es jedoch lag. Doch dann... Ja, genau... das Dach fehlte. Seltsam. Mit dem letzten Stockwerk hörte dieses Haus einfach auf. Doch sie bekam keine Gelegenheit darüber nach zu denken.

Das alte Holztor quietschte. Der Innenraum hätte schon vor Jahren einer gründlichen Renovierung bedurft. Zwei Wächter schoben sie hinein. Einige Bänke und eine uralte Kommode war das einzige Mobiliar im Raum. An der einen Wand war eine Tür.

Zieh deine Sachen aus. Und dann durch die Tür."

Melana zuckte zusammen. Was?" Jedoch sehr ungeduldig wiederholten die Wächter ihre Anweisung. Melana sah sich hilfesuchend um. Was sollte sie tun?

Daraufhin packte sie der eine,und riss

ihr einfach das Shirt vom Körper. Melana schrie, schlug wild um sich. Der zweite packte ihre Arme, damit der andere ihr die Hose vom Leib zerren konnte. Melana kauerte auf dem Boden. Sie war nackt und versuchte krampfhaft ihre Blöße zu bedecken. Die zwei Wächter lachten. Los, durch die Tür mit dir." Dann sagten sie noch etwas, dass ihr verborgen blieb. Mit Tränen in den Augen stand sie auf und schwankte zur Tür. Die Klinke war aus Kunststoff. Misstrauisch blickte sich Melana um. Die zwei Wächter verfolgten sie mit ihren Blicken, dann war sie durch die Tür.

*

Der Nebenraum war bis unter die Decke gefliest. Wie im Schlachthaus, ging es ihr durch den Kopf.

Der Raum war leer. Beinahe leer. Man hätte sie fast übersehen können. Melana starrte sie an, als hätte sie einen Geist gesehen. Wer war diese junge Frau, die dort in der Ecke ihr gegenüber stand und sie eindringlich musterte? Und warum war sie genauso... Ein harter, kalter Wasserstrahl traf sie mitten ins Gesicht. Melana hätte vor Schreck beinahe wieder geschrien. Ihre Nerven lagen seit den letzten Ereignissen praktisch bloß.

Die andere Frau lachte hell und laut. Sie rief ihr etwas zu, das Melana natürlich nicht verstehen konnte. Nach einem erneuten Versuch stellte sie das Wasser ab. Melana runzelte die Stirn, als die andere schnurstracks auf sie zu kam, ihr eine Hand auf die Schulter legte und mit der anderen ihren Kopf in Richtung Wand drehte.

Erst jetzt entdeckte Melana das Regal mit Seife und Lappen. Sie sah der Fremden verstört ins Gesicht, bis diese zum Regal ging, beides holte und ihr lächelnd in die Hand drückte.Dann ging sie zurück zum Schlauch und stellte das Wasser wieder an.

Melana wusch sich und musste erstaunt feststellen, dass es eine Wohltat war. Wie viele Tage hatte sie nun schon kein Wasser mehr auf der Haut gespürt? Auch ihr Durst meldete sich zu Wort, so dass sie gierig die Tropfen hinunter schlang, die in ihrem Mund landeten. Schließlich stellte die Fremde das Wasser ab und winkte sie zu sich herüber. Die andere hielt ihr den Schlauch entgegen und deutete auf sich selbst. Melana war noch immer reichlich verstört.

Mein Gott Melana, das dauert ja Ewigkeiten, bis du überhaupt mal was kapierst."

Verärgert stellte sie das Wasser an und spritzte die Fremde nass, bis diese genug hatte, sich die Tropfen von der Haut strich und sie zu sich winkte. Melana hatte gar nicht bemerkt,dass sie in der Wärme schon fast wieder vollständig trocken war.

Die Fremde deutete auf sich, und sagte dazu ein Wort, das wie „mira" klang. Melana zuckte nur mit den Schultern. Sie hatte auch gar keine Lust mehr, sich auf solche Spielchen einzulassen. Die sollten sie doch endlich in Ruhe lassen. Das Letzte, was sie jetzt gebrauchen konnte, war jemand, der sie mit sinnlosem Mist nervte. Mira ( obwohl Melana zu diesem Zeitpunkt noch nicht wusste, dass es je, ihr Name war ) sagte noch etwas, dann gab sie es auf. Mit der flachen Hand auf Melanas Rücken schob sie diese zurück in den Nebenraum, aus welchem sie gekommen war. Diese ließ es geschehen und stellte erstaunt fest, dass die Wächter verschwunden waren.

Melana musterte das völlig zerfetzte Shirt, welches noch immer auf dem Boden lag, hob es auf und rümpfte die Nase. Melana musste zugeben, dass es jetzt nur noch wie ein alter, gebrauchter Lappen aussah. Die Fremde sammelte auch den Rest ihrer Kleidung zusammen, bevor sie alles in den am Rand warteten Mülleimer warf. Melana lief aufgebracht zu ihr hinüber, doch die andere hielt sie jedoch, mit einer warnenden Armbewegung zurück. Zähneknischend wandte sie sich ab. Melana wollte nicht schon wieder Ärger.

Davon hatte sie in letzter Zeit schon genug. Ihr war es immer noch sehr unangenehm, so völlig entblößt hier zu stehen.

Mira lächelte, dann ging sie zu der alten Kommode, und kramte darin herum. Endlich zog sie etwas aus weißem, gewebten Leinen heraus und reichte es ihr. Neugierig untersuchte Melana die Gabe. Was sollte das? Obwohl es sich jedoch weicher anfasste, als es aussah, das waren Tücher, nichts weiter.

Doch Mira hatte sich bereits schon angekleidet und lächelte nervös, als sie die trostlose, verunsicherte und trübsinnige Melana beobachtete. Mit einem Kopfschütteln zeigte sie ihr, wie man das breite Stück Stoff als Rock und das schmalere wie ein Oberteil anlegen konnte.

Du mit deiner Besserwisserei kannst

mir gestohlen bleiben, überlegte Melana und trottete schweigend ihrer Führerin nach, bis sie nach einer Weile so etwas wie einen Schlafsaal erreichten. Auf beiden Seiten des Raumes reihten sich Bett an Bett. Na ja, der Begriff Pritsche wäre jedoch angemessener gewesen. Schließlich blieb die Fremde vor einer Schlafstatt stehen und deutete darauf. Melana sah sie an, dann das Bett. Endlich! Sie ließ sich auf das Laken fallen. Wieder deutete die Fremde auf sich selbst und sagte dieses Wort, dass nach „Mira" klang. Doch Melana ignorierte sie und starrte gegen die Decke. Die und alle anderen konnten ihr heute gestohlen bleiben. Und das war das Letzte, an was sie sich erinnerte. Sie hatte schon bessere Tage erlebt.

\*

Am nächsten Tag riss ein lauter Krach sie schon zeitig aus dem Schlaf. Melana brauchte einige Momente, um sich klar zu werden, wo sie sich überhaupt befand. Selbst jetzt hatte sie noch Probleme, das alles zu glauben. Noch immer hatte sie ihre Augen geschlossen, aus Angst vor dem, was sie da draußen erblicken würde. Die Geräusche ringsum schienen von unzähligen Händen und Füßen und flüsternden, unterdrückten Stimmen zu stammen. Stoff raschelte. Draußen war es inzwischen hell, soviel konnte sie auch durch ihre geschlossenen Lider erkennen. Doch plötzlich berührte sie jemand an der Schulter.

Mit einem Mal war Melana hellwach, riss die Augen auf und starrt ihrem Besucher sehr ängstlich, mitten ins Gesicht. Hey, du musst aufstehen!"

Die Worte klangen sehr sanft, aber dennoch bestimmt. Melana erkannte die Fremde von gestern. Als sie realisierte, dass sie die Worte verstanden hatte, blieb ihr der Mund offen stehen.

Die Fremde bemerkte Melanas erstaunten Blick. „Hey, was du mir so ansehen?

Ich keine Ahnung, dass das du diese Worte verstehst." Melana war noch immer fassungslos. Gestern, du hast kein Wort mit mir gewechselt.

Ich selbst haben erst am Ende von Gestern erfahren was du bist." Sie lächelte übers ganze Gesicht. Du musst aufstehen jetzt. Die haben keine große Toleranz für Verspäter." Sie griff nach Melanas Hand und wollte sie von der Pritsche ziehen.

Erst jetzt spürte diese, wie sehr ihr Rücken auf dieser harten Unterlage

gelitten hatte. Ein übel stechender Schmerz. Melana biss die Zähne zusammen und keuchte. Unter normalen Umständen hätte sie wahrscheinlich laut aufgeschrien. Die Fremde sah sie nun fragend an:
Geht es?"
Melana nickte.
Du wirst dich auch daran gewöhnen. Komm jetzt."
Die meisten Frauen hatten den Schlafsaal bereits verlassen. Melana sah sich um. Was zur Hölle war das hier? Draußen kroch die Sonne gerade über den Horizont. Helles Licht strömte durch die Fensterfront herein. Mit Sicherheit würde der Tag erneut kochend heiß werden. Bereitwillig folgte Melana ihrer Führerin. Der kurze, gekachelte Gang führte zu einem weiteren Durchgang. Die Fremde schob den schweren Teppich

zur Seite, welcher als Vorhang den Gang vor neugierigen Blicken schützte. Jetzt betraten die zwei einen Raum, der weit besser aussah, als die Zimmer mit den Schlafquatieren. Hätte man Melana nach ihrem ersten Eindruck gefragt, so hätte sie sofort an einen Laden gedacht. Ja genau, dieser große Raum erweckte den Eindruck eines Ladengeschäfts. Doch je genauer sich Melana umsah, desto mehr verwarf sie diesen Gedanken. Hier gab es weder eine große Verkaufstheke noch standen Waren in irgendwelchen Regalen. Trotzdem wurde sie das Gefühl nicht los, das hier etwas ganz und gar nicht stimmte.

Die Fremde führte sie zu einem Tisch in der Ecke. Dort lagen zwei Haarbürsten, an denen schon eine große beträchtliche Zahl der Borsten ihre

Arbeit eingestellt hatten. Daneben stand ein großer Krug, dessen gebrannter Ton mit sonderbaren bunten Zeichen bemalt war und ein Teller mit Fladenbrothappen.

Die Fremde ließ Melana los und stopfte sich einen großen Brocken in den Mund. Dann griff sie nach der Bürste, an welcher nicht ganz so viele Borsten fehlten und fuhr sich damit durch das lange, schwarze Haar. Sie nickte Melana kauend zu es ihr gleich zu tun.

Nach dem ersten Bissen merkte diese erst, was sie für einen Riesenhunger hatte. Schnell nahm sie einen großen Schluck aus dem Krug, um den trockenen Klumpen in ihrem Mund hinunter zu spülen. Die Fremde grinste, als sie beobachtete, wie sich Melana den Mund voll stopfte und an dem Batzen fast erstickte.

Diese warf ihr einen vernichtenden Blick zurück, worauf sich Mira betrübt abwandte.

Überall im Raum liefen junge Frauen unher. Alle gekleidet, wie Melana selbst. Trotz der vielen Menschen empfand es Melana als unheimlich still hier. Die hintere Schmalseite des Raumes wurde von einem großen, schwer wirkenden Vorhang verdeckt, der über die ganze Breite des Raumes hing. Der Fußboden bestand aus kühlen Kacheln. Es war jedoch sehr unangenehm, längere Zeit, barfuß auf diesem nackten Stein zu stehen.

Komm schon, es ist bald soweit." Die Fremde griff wieder nach ihrem Arm. Melana hatte noch immer beide Backen voller Brot. Mühsam versuchte sie Teile von dem Batzen irgendwie hinunter zu würgen. Missmutig folgte sie der Fremden.

Da vorn war bereits der Tisch mit dem Krug. Im Vorbeigehen griff sie nach einem Stückchen Fladenbrot und stopfte es sich in den Mund. Nur nicht nervös wirken. Immer weiter näherte sie sich dem großen, raumteilenden Vorhang und damit auch der Tür, die auch hoffentlich, in die ersehnte Freiheit führte. Noch fünf Meter. Noch einmal sah sie zurück in den Saal, dann griff ihre Hand nach der Türklinke. Sie glaubte, dass schon allein der Laut ihres Herzschlages ausreichen müsste, um alles Personal im Umkreis von 100 Metern zu alamieren. Irgendwie hatte sie gar nicht damit gerechnet, doch die Tür ließ sich widerstandslos öffnen. Von draußen flutete helles Sonnenlicht herein. Melana kniff die Augen zusammen. So, der Tanz hatte also begonnen.

Explosionsartig sprintete sie los. Einfach geradeaus, bis sich ihre Augen an das helle Sonnenlicht gewöhnt hatten. Hier draußen herrschte eine unerträgliche Glut. Die Luft war zum Schneiden dick. Dann schälten sich langsam Umrisse aus dem hellen Licht. Der Hof war staubiger, glühend heißer Sand unter ihren nackten Fußsohlen. Sie spürte, wie ihr geschwächter Körper zu keuschen begann und die kochende Luft in sich ein sog. Da vorn war das Eingangstor, die hohe Mauer, welche den Hof umgab, das rostige, scharfkantige Gitter, welches die Toreinfahrt versperrte. Atemlos sah sie sich um. Ein Wachmann trat aus dem Pförtnerhäuschen. Sie hörte Hundegebell. Dann entdeckten ihre Augen, wie sich zwei schwarze Punkte aus dem Tor lösten und auf sie zu stoben.

Der Fluch blieb ihr im Hals strcken. Wie ein gehetztes Tier machte sie kehrt. In Gedanken konnte sie bereits das Blut riechen und die scharfen Zähne spüren, die sich in ihre Unterschenkel gruben. Vielleicht schaffte sie es noch, zur Tür zurück, bis diese Bestien sie erreichten.

Shit, so hast du dir deine Flucht nicht vorgestellt, oder? Melana wäre beinahe gestürzt. Au! Was musste dieser dumme Stein auch gerade hier herum liegen. Ein stechender Schmerz jagte durch ihre Zehen. Oh mein Gott, doch sie fing sich im letzten Augenblick. Ihr Atem raste wie eine Dampflok, die versuchte, sich mit einem Expresszug zu messen. Das stechen in ihren Seiten war nicht gut. Wenn du es nicht bis zur Tür schaffst, Melana, wirst du dich bald noch schlechter fühlen.

Das laute Gebell hallte bereits sehr nahe und drohend hinter ihrem Rücken. Mit aller Kraft warf sich Melana gegen die Tür und schmiss sie hinter sich zurück ins Schloss. Ein Poltern zeigte, das es keine Sekunde zu früh war.

Hier drinnen war sie nun fast blind, so wenig Licht drang von draußen herein. Doch der Wachmann, welcher direkt auf sie zu kam war einfach nicht zu übersehen. Erschrocken wich sie zur Seite aus. Der große schwere Vorhang, welcher den Raum teilte. Vielleicht gab es ja dort einen Ausweg. Sie hätte den Spalt fast nicht rechtzeitig aufbekommen. Der Vorhang hatte weit mehr Gewicht, als man ihm von weitem zutraute. Fast so steif wie zähes Leder.

Doch als Melana jedoch endlich auf der anderen Seite stand verschlug es ihr die Sprache, falls sie überhaupt hätte sprechen können. Das hatte sie nicht erwartet, niemals! Diese Hälfte des Saales erschien auf den ersten Blick wie eine Kopie der anderen.Sie sah die in weißes Leinen gehüllten jungen Männer in den Ecken sitzen und vier Wachleute, welche sich mit gezogenen Schlagstöcken direkt vor ihnen aufgebaut hatten. Melana wich alles Blut aus dem Gesicht.Sie sackte kraftlos zusammen.Die Züchtigenden Schläge nahm sie kaum noch wahr. Jetzt ist es vorbei, Melana, jetzt hast du endgültig verspielt.

Melana erwachte auf dem Boden und fühlte die blauen Flecken noch bevor sie diese sah. Außerdem war nicht das geringste Bedürfnis vorhanden, all diese Stellen noch ein weiteres Mal zu inspizieren. Inzwischen kannte sie das grünblaue Muster auf ihrem Körper in und auswendig. Verflucht sei dieser dumme Bettvorleger, auf dem sie Tag für Tag so unbequem lag. Sie versuchte sich etwas auf die Seite zu drehen. Die Glieder der Metallkette rasselten jedoch höhnisch. Wie lange hatte sie inzwischen hier zugebracht? Eine Woche? Sie wusste es nicht mehr. War das inzwischen nicht auch völlig belanglos?

Melana spürte jedoch die kalten Metallschellen an ihren Fußgelenken, welche ihr die Fesseln extrem wund scheuerten. Gott sei Dank hatten sie ihr die Handschellen jedoch wieder abgenommen, welche ihre Handgelenke in den ersten Tagen nach diesem dämlichen Fluchtversuch erbarmungslos auf den Rücken zusammengekettet hatten. Automatisch rieb sie ihre Handgelenke.

Die Spuren waren noch immer, sehr sichtbar. Wenigstens konnte sie zum Trinken jetzt wieder ihre eigenen zwei Hände benutzen. Mit einem Ausdruck der Zufiedenheit in den Augen bettete sie ihren Kopf auf den ausgetretenen Läufer.

*

In den letzten Wochen waren bereits viele Käufer vorbeigekommen. Auch sie wurde von vielen neugierigen Blicken gestreift. Doch die wenigsten traten näher. Die Ketten, welche man Melana angelegt hatte, wirkten mehr als abschreckend. In den Augen der meisten Kunden wurde sie dadurch zu einem Tier, dass sich jedoch nur schwer bändigen ließ und war damit uninteressant. Die wenigen, die sie dennoch begutachteten, wurden dann jedoch spätestens von ihrer schroffen

Art abgeschreckt. An das neugierige Betasten durch fremde Hände und die prüfenden Blicke der Kunden konnte sie sich, jedoch, einfach nicht gewöhnen.

Wie lange mochte Mira hier schon herumsitzen, um sich so zu zeigen. Diese kleine Hure ließ ja fast alles mit sich anstellen, nur um endlich einen zahlungswilligen Intressenten zu finden. Melana schrak noch immer vor dem Wort Käufer zurück. Melana überlegte lange, wie es nun weiter gehen sollte. Sie legte sich auf den Teppich, und schlief bald darauf ein.

*

Melana schlug nun nach der Hand, welche sich auf ihre Schulter legte und schrie. Erschrocken wich die Person zurück.

Keuchend und tränenüberströmt schlug sie die Augen auf, und war dankbar dafür, wo sie sich befand. Dankbarer, als jemals für etwas anderes in ihrem Leben. Sie sah ihren Besucher entgeistert an und wischte sich eine Haarsträhne aus dem Gesicht, die ihr zwischen Augen und Nase klebte.

Scheiß Traum, Entschuldigung."

Doch genauso erschrocken war sie, als dieser Jemand ihr antwortete:

Macht nichts, ist schon OK."

Ihr blieb der Mund offen stehen. Sie schluckte. War das Möglich? Der Mann war vielleicht ende 40, trug weite Kakihosen und einen breitkrempigen Filzhut. Die Augen wirkten Starr und steingrau, seine Haut war braun, von Wind und Wetter gegerbt.Melana starrte ihn aus aufgerissenen Augen an, noch immer fassungslos. Der sprach mit Akzent, doch er war zu verstehen.

Der Aufseher hat mir deine Macken beschrieben und dass du dich auch manchmal, wie ein wildes Tier aufführst. Ist das wahr? Prüfend blickten ihr die steingrauen Pupillen in die Augen.

Melana schüttelte den Kopf. Die Kette an ihren Füßen rasselte. Verbittert schloss sie die Augen.

Es war nur eine Dummheit, nichts weiter." Sie verachtete sich dafür.

Ich werde ruhig sein, das verspreche ich ihnen. Es ist nur...

Der Mann sah sie an. „Was?"

Na, ich verstehe kein Wort von dem, was hier gesprochen wird. Sie sind der erste... Wissen sie, ich bin nämlich völlig unschuldig in diese ganze Sache hinein..."

Der Mann winkte ab.

Der Mann winkte ab. „Das eines von vornherein klar ist: Darüber werden wir niemals diskutieren. Bei uns ist jeder Unschuldig. Wir sprechen niemals wieder über das, was du getan oder jedoch nicht getan hast, verstanden?"

Melana nickte.

Okay. Meine Frau bat, mich nach jemandem umzusehen, der ihre Muttersprache beherrscht. Können wir dir vertrauen?"

Melana nickte wieder. „Ich werde mein Bestes tun." Und in diesem Augenblick meinte sie es auch so.

Na gut, dann werden wir es jedoch, einmal versuchen.

Melana blickte darauf den Mann erwartungsvoll an und brachte nur zwei Worte über die Lippen.

Wie lange?"

Der Mann sah sie erstaunt an.

Dann zeigte er ihr drei Finger seiner rechten Hand und fügte flüsternd das Wort Jahre hinzu.

Plötzlich schien der Boden unter ihren Füßen zu wanken. Drei Jahre, war das wirklich wahr?

Sie registrierte jedoch kaum, wie der Aufseher ihr die Fußfesseln löste, ihr die raue, kratzige Decke über die Schulter legt und sie zur Seite schob. Dann ein Händedruck des Aufsehers. Ob es wohl gute Wünsche für sie gewesen waren? Melana wünschte es sich sehr.

Der Mann in den Kakihosen reichte ihr die Hand.

Komm", und er führte sie auf die Ausgangstür zu, mit der sie vorher schon, auch so schreckliche, böse, unangenehme Erfahrungen gemacht hatte.

\*

Das grelle Sonnenlicht brannte in den Augen und der Sand unter ihren nackten Fußsohlen war kochend heiß. Was sollte sie bei der Hitze mit dieser miserablen decke anfangen. Am liebsten hätte Melana sie auf der Stelle fallen lassen. Doch Aufruhr, iretwegen, jetzt noch, das war das Letzte, was sie sich im Moment gebrauchen konnte. Folgsam trottete sie hinter dem Filzhutmann her, auch wenn der heiße Boden an ihren Füßen brannte.

Diesmal blieben die Hunde an ihren Leinen. Ein Jeep stand in der Mitte des Hofes. Der Mann half ihr auf die Ladefläche des Geländewagens, wo bereits mehere Säcke mit irgendein, nicht ersichtlichen Inhalt lagen. Melana setzte sich so gut es ging zwischen den Säcken auf dem harten Wellblechboden der Ladefläche.

Der Mann klemmte sich nun hinters Lenkrad und die Fahrt begann.

Melana beobachtete, wie die beiden Wachleute das große Stahltor schnell öffneten. Der Wagen brauste rasend hindurch und bog dann auf die Hauptstraße ein. Sie musste sich korrigieren. Das war gar keine Hauptstraße, so wie sie es kannte. Das war bestenfalls ein etwas besserer Feldweg. Staub wirbelte auf, in großen Mengen. Rechts und links der Straße wuchs kaum etwas. Die Häuser rechts und links der Straße hoben sich nicht sehr von ihrer Umgebung ab. Triste Einöde. Okerbraune Lehmbauten oder unverputztes Ziegelmauerwerk. Im Vorbeifahren entdeckte sie eine Wäscheleine,die zwischen einem Telegrafenmasten und dem nächst nächstliegenden Fensterladen gespannt war.

Die meisten Kleidungsstücke hatten jedoch die gleiche Farbe wie ihre Umgebung.

Die Hitze hier draußen war jedoch unerträglich. Die engende Sonne machte müde, doch das stete Rütteln des Wagens hielt sie unerbitterlich wach.

Dann ließen sie die Stadt hinter sich und die Umgebung wurde noch trostloser. Melana hätte nie geglaubt, dass es überhaupt noch trostloser werden konnte. Hier gab es außer den beiden befahrbaren Reifenspuren nichts mehr außer Sand, Geröll, noch mehr Steine und wieder Sand. Dann verschwanden auch die höchsten Häuser hinter dem Horizont und melana war allein. Allein mit ihrem neuen Herren. Sie schrak zusammen, als ihr das eine Wort durch den Geist ging. Sie war hier mit ihrem neuen

Arbeitgeber unterwegs, oder? Ja, das klang viel besser.

Das Rütteln brachte sie immer wieder zum Eindösen. Ihr Kopf tat ihr weh, von der prallen Sonne. Sie dankte Gott, dass sie ihre Decke nicht abgeworfen hatte. Ohne diesen Sonnenschutz wäre sie inzwischen längst gar. Den Kopf lehnte sie dann, gegen einen der groben Säcke und beobachtete die vorbeiziehenden Dünen. Mein Gott, wo brachte man sie denn hin? Wo war dieses hier überhaupt.

Hin und wieder verschwamm die Umgebung vor ihren Augen. Trotz des Fahrwindes war die Hitze jedoch unerträglich. Sie war es auch nicht gewöhnt, das wusste sie. Die Hitze flimmerte über den Boden, vor ihren Augen, einfach überall. Ihr Atem ging rasselnd, wie je, ein ertrinkender

Fisch auf dem Land.

Ihr fiel auch auf, dass der Motor inzwischen irgendwie seltsam klang. Gar nicht mehr dieses eingehende Brummen.

Wieder eine heftige Erschütterung. Reflexartig hielt sie ihren Kopf, um ihn vor einem erneuten Aufprall zu bewahren. Vielleicht würde sie sich ja mit der Zeit, auch an die Hitze gewöhnen. Schon jetzt ging es ihr viel besser. Auch der stechende Schmerz im Gesäß, durch die harte Unterlage, war auch etwas besser geworden.

*

Plötzlich wurde ihr schwarz vor Augen, dann rot, dann weiß. Grelles, blendendes,weißes Licht. Eisig kaltes Wasser platschte ihr ins Gesicht. Sie pustete und schaufte und...

Melana stockte der Atem. Einige Wasserperlen rollten über ihre Stirn und glitzerten in der Sonne wie Diamanten. Melana öffnete die Augen. Sie sah das Gesicht einer Frau, die sie bisher noch nie zuvor gesehen hatte.

Der Mann mit dem breitkrempigen Filzhut trat neben sie. „Wie sieht es aus, Mauna. „Sie kommt wieder in Ordnung, Isran."

Der Mann nickte. „Das möchte sein, schließlich hat sie uns ein kleines Vermögen gekostet."

Melana schluckte. Mit einem Mal war er wieder da, der Traum! Sie kniff schnell die Augen zusammen. Normalerweise hätten ihr jetzt die Tränen in den Augen gestanden, wenn sie nicht so schlimm deydriert gewesen wäre.

Sie lag auf dem Boden im Sand.

Der Geländewagen spendete ihr Schatten. Ein Müll – oder Misthaufen in der Nähe stank in der Hitze nach verfaultem. Wahrscheinlich gehörte er zu den Schuppen und dem Haus in der Nähe. Es waren auch Pflanzen in der Nähe, und auch ein paar hohe Palmen. In unmittelbarer Nähe begann die lebensfeindliche Wüste. Das war jetzt ihr neues Zuhause, oder?

Wie ist dein Name, fragte die Frau und die Worte schienen in ihrem Kopf zu dröhnen.

Melana." Ihre Lippen bewegten sich kaum. Das Wort mehr ein Hauch. Kannst du laufen?

Melana versuchte aufzustehen, obwohl der Mann und die Frau sie mehr auf die Beine zogen, als dass sie sich aus eigener Kraft erhoben hätte. „Komm mit uns ins Haus..., du brauchst jetzt Wasser und musst dich ausruhen.

*

Melana hätte es schlechter treffen können. Viel, viel schlechter, das war ihr klar. Sie sog die Luft scharf zwischen den Zähnen hindurch Trotz allem konnte sie aber jedoch nicht behaupten, mit der Situation jedoch zufrieden zu sein, obwohl sie sich damit abfinden musste. Was hatte sie denn für Alternativen?

Auch, wenn sich ihre neuen Herren bemühten, sie es nicht allzu sehr spüren zu lassen, sie war nun einmal nur aus einem einzigen Grund hier. Und vielleicht das Schlimmste daran war, dass sie sich selbst darüber im Klaren war, weshalb sie hier war.

Am liebsten hätten es die Herrschaft gesehen, wenn sich so etwas wie eine

Familienzugehörigkeit entwickelt hätte, damit sie ihre Strafe nicht so hart träfe. Nicht über drei Jahre hinweg! Doch das war etwas, das Melana unmöglich konnte. Sie war nun einmal nur eine gottverdammte Sklavin. Nicht mehr und nicht weniger. Und sie bildete sich ein, damit vor sich selbst zurecht kommen zu müssen. Wenn ihre Herren in ihr unbedingt das Gefühl von so genannter Familienzugehörigkeit" sehen wollte, so war es ihre Aufgabe, nach Außen dieses Bild zu wahren. Vorspielen war schließlich etwas, mit dem sie zeitig angefangen hatte es zu lernen. Und nach den ersten Monaten wurde sie auch richtig sehr gut darin.

Stille. Vom Nebenraum schimmert ein wenig Licht durch das Oberlichtfenster der Zimmertür in die kleine

Kammer. Melanas Hände fühlen sich kreidig an. Sie schluchzte. Tränen rannen ihr über die Wangen. Ihr Leib zitterte, fröstelte, obwohl es alles andere als Kalt war. Sie dachte an Andre. Was hatte sie getan? Alles wegen dieser dämlichen, verfluchten Reise. Sie versuchte sich dagegen zu wehren.Gegen die selbstzerstörenden Gedanken, doch diesen Kampf verlor sie mehr und mehr. Diese Situation hatte sie sich selbst zu verdanken. Niemand anderem. Nur sich selbst. Die Strafe dafür... war sie wirklich zu hoch ausgefallen? Melana wischte sich die Tränen aus den Augen. Das war jedoch doch nur eine Frage des Maßstabs, den man anlegte. Sie hätte sich vorher dieses Leben hier niemals vorstellen können, doch sie hatte es sich verdient. Über Jahr und Tag, all die Rechnung dafür zu erhalten.

Eine Abrechnung, der man nicht entkommen konnte. Eine schicksalhafte, höhere Gerechtigkeit. Melana schluchzte. Noch vor einiger Zeit hätte sie das als dummes Psychogequatschte abgetan und sich nach solchen Gedanken beim nächsten Psychiater jedoch eingefunden, doch inzwischen? Sie würde ihre verdiente Strafe verbüßen. Sie versucht gar nicht erst, sich gegen die empor brodelnde Erinnerung zu wehren.

*

Ein kühler Windhauch streicht sanft über die nackten Waden hinauf über ihr von der dünnen Bettdecke halb entblößtes Bein. Die feinen Härchen richteten sich unkontrolliert auf und Melana atmete tief durch. Verträumt schlägt sie ihre Augen auf und genießt die kühle Brise.

Diese Momente sind auch schließlich selten genug.

Die laue, frische Luft von der weit geöffneten Verandatür schmeckte nach Tau. Sie schlug die Augen auf, blinzelte nach draußen. Es war noch sehr Früh. Der wolkenlose, dunkle Himmel begann sich gerade erst am östlichen Horizont blutrot zu färben. Der Horizont! Sand. Nichts als Sand! Ständig im Wandel. Durch den Wind geformt, durch die rauen Stürme wieder geglätet. Immer, wenn sie in der morgendlichen Dämmerung der aufgehenden Sonne entgegen blickte, meldete sich jedoch das Fernweh und Tränen begannen in ihren Augen zu glitzern.

Wie lange war sie denn schon hier? Natürlich brauchte sie nicht erst zu dem Bett gehen, in welches Melana jeden Morgen nach dem Aufstehen mit einem spitzen Messer eine Kerbe einritzte. Nein! Heute war schließlich ihr Jahrestag. Sie schluckte. Ein ganzes Jahr. So lange! Und noch nicht einmal die Hälfte!

Betrübt ließ sie sich zurück ins Bett sinken.

Ein ganzes Jahr lang hat sie nichts weiter gesehen, als diese kleine winzige Oase mitten im Nirgendwo. Inzwischen kennt sie jeden Winkel dieses Gebäudes und auch aller kleinen Anbauten. Eigentlich sollte sie sich heute vielmehr wie eine Kaiserin fühlen können. Nachdem gestern früh die Herrschaften aufgebrochen waren, blieb sie allein im Anwesen zurück. Die beiden Sklaven waren bereits vor einer Woche entlassen worden. Ja, sie fühlte sich wie eine Kaiserin, zumindest nur für heute.

Melana trat auf die Veranda hinaus und läuft auf dem kühlen Steinpflaster den flachen Hang zum Tümpel hinunter.

Nur hier wachsen die Palmen zu einem üppigen Dickicht heran. Sie muss Wasser holen. Wasser ist in dieser Region überhaupt der wertvollste Besitz. Sie fällt auf die Knie und tunkt ihre Arme in das kühle Nass. Himmlich! Wenigstens ist heute Niemand hier, der sie für diese Tat schelten könnte. Dann lässt sie die Kanne voll laufen.

Sie beginnt ihren morgendlichen Rundgang. Noch zwei volle Jahre würde sie Tag für Tag diese Runde gehen. Bestialisch?

Ein Gedanke zündete in ihrem Geist. Erst jetzt wurde ihr bewusst, dass sie heute tun und lassen konnte, was sie wollte. Mein Gott...

Sie sog die schnell wärmer werdende Luft tief ein. Sie könnte das Haus dieser Bastrade in Brand stecken. Sie konnte fliehen!

Hey, das ist deine Chance, Melana. Melana war sich natürlich bewusst, dass es da draußen nichts weiter als lebensfeindliche Wüste gab. Aber vielleicht...? Wie weit mochte es wohl sein? Sie dachte an den Tag ihrer Ankunft zurück. Es war weit, daran bestand gar kein Zweifel, aber mit der richtigen Ausrüstung? Wie elektrisiert läuft Melana zurück ins Haus. Irgendwo musste schließlich etwas Brauchbares zu finden sein. Hastig reißt sie die Türen auf, und durchwühlt die Schränke und Kommoden. Was genau sie sucht wird sie erst wissen, wenn sie es gefunden hat.

Es ist bereits schon kurz vor Mittag.

Melana versucht sich einen Plan zu formen. Und beginnt langsam.

Auf ihrem Zeigefinger schaukelte ein Ring mit einem Autoschlüssel. Der zweite Geländewagen im Schuppen! Die Schlussfolgerung war genauso einfach wie erschütternd.

Umgehend hastete Melana zum Schuppen. In der Dunkelheit waren kaum die Umrisse des Gefährts zu erkennen und auf Schritt und Tritt stolperte Melana über viele, sperrige Hindernisse. Als erstes schob sie sich bis zu dem Holztor und stieß es auf. Grelles Sonnenlicht flutete in den Raum. Jetzt war der Geländewagen endlich richtig zu sehen. Ehrlich musste Melana zugeben, dass es sich um eine uralte Rostlaube handelte.

Sie war zuversichtlich. Ihre Herrschaften mussten ja ein erstaunliches Vertrauen zu ihr haben, wenn die sie hier einfach so allein zurück ließen. Was würden die für Augen machen, wenn sie heute Abend heimkehrten? Melana beschlich das Gefühl des Verrates. Komm schon, Melana, das ist doch ausgemachter Blödsinn. Die sperren dich hier ein, knechten dich und du hast nichts anderes im Kopf, als an Verrat zu denken. Sieh lieber zu, dass du die Mühle wieder flott bekommst.

Mit einem Ruck löste sich Melana aus ihrer Erstarrung. Auch ohne diese lästige, innere Stimme wusste sie genau, was zu tun war. Und sie war auf diese alte Karre angewiesen. Zu Fuß war es sicher unmöglich, die Wüste zu durchqueren.

*

Inzwischen hatte nun die Sonne ihren Höchsten Stand längst überschritten.

Es dauerte eindeutig viel zu lange, bis die vier Reifen wieder mit genügend Luft gefüllt waren. Melana setzte sich hinters Lenkrad und tat den Zündschlüssel ins Schloss. Im Wageninneren roch es nach Öl, Staub und altem, steifen Leder. Ihre Hände waren schwarz verschmiert.

Sie drehte den Schlüssel im Schloss und der Motor gab seltsame, leise, Geräusche von sich. Melana atmete auf. Wenigstens reagierte dort vorn überhaupt etwas. Ihre Hände wurden schweißnass, als bei jedem weiteren Zündversuch..., wie das Geräusch im Motor leiser und träger wurde.

Ihr Magen knurrte. Verdammt! Nicht jetzt! Die Zeit rannte Melana davon. Wann würden die Herrschaften wieder hier sein? Bald berührte die Sonne den westlichen Horizont und wenn das geschah, dann waren es nur

Augenblicke bis zur vollständigen Dunkelheit. Und dass Melana in der Aufregung das Mittagessen glatt vergessen hatte, war eine Tatsache.

Vergiss das Mittag! Sieh zu, dass du von hier weg kommst, Melana."

Doch diese schüttelte den Kopf. Nein, nicht in die Wüste. Das wäre Selbstmord. Sie sollte wenigstens Wasser und Proviant mitnehmen. Das dauert nicht lange!, flüsterte sie, vielmehr um sich selbst, jedoch damit zu beruhigen. Hören konnte es hier sowieso niemand.

Sie rannte zurück ins Haus, um dann überstürzt, nun einige Dinge schnell zusammenzukramen. Es ging alles schneller, als sie vermutet hatte.

Zurück beim Wagen warf sie den Proviantbeutel auf die Rücksitzbank. Hoffentlich hatte sich inzwischen die Wagenbatterie wieder etwas erholt.

Melana legte den ersten Gang ein und fuhr an. Doch anstatt sich von der Stelle zu bewegen, gab der Motor nur ein herzerweichendes Kreischen von sich. Ihre Augen wurden groß, als sie am Horizont die weithin sichtbare Staubfahne entdeckte. Es war Illusion, zu glauben, es handle sich um ein fremdes Fahrzeug. In all der Zeit, welche sie sich nun schon hier befand, hatte Melana noch nie ein anderes Fahrzeug zu Gesicht bekommen, als den grünbraunen Geländewagen ihrer Herren. Sie schluckte. Warum bewegte sich diese Mistkarre denn nicht von der Stelle. Der Motor lief doch.

Resigniert schüttelte Melana ihren Kopf. Sie hatte auch gar keine Zeit mehr, weiter zu suchen. Sie musste alles wieder aufräumen, was sie drinnen hat liegen gelassen.

Schnell stellte sie den Motor wieder ab und zog nun, die Schuppentore zu. Hastig stürmte sie zurück ins Haus. Vielleicht ließ sich in den verbleibenden Minuten noch irgendetwas retten.

*

Sie kam sich jedoch, wie eine elende Verräterin vor, als Melana all die Sachen vom Boden zurück in die Schränke stopfte. Dabei hoffte sie sogar noch, dass auch niemand ihr Einwirken bemerken würde. Was sollte sie nur erzählen, dass dieses ganze Chaos erklären konnte. Aber irgendetwas musste sie erzählen!
Sie blickte aus dem Fenster und sah, wie der Geländewagen auf dem staubigen Weg gerade über die letzte Düne kroch. Drei Personen waren hinter der Windschutzscheibe auszumachen. Drei Personen?

Melana glaubte sich zu erinnern, wie ihr Herr einmal erwähnt hatte, dass er irgendwann noch jemanden abholen wollte. Aber wen? Was Melana aus den Gesprächen herausgehört hatte, handelte es sich vermutlich um die Tochter des Hauses. Natürlich, vielleicht erklärte das ja auch, weshalb die Frau diesmal mitgefahren war.

Hastig stopfte sie weitere Briefe und Sachen und die anderen Haushaltsgegenstände zurück in die Schränke.

Auf den Weg zur Veranda sah sie sich nun noch einmal prüfend um. Wenigstens würden die nicht sofort Schreikrämpfe bekommen. Melana, reiß dich zusammen. Jetzt musst du dein immerlächelndes Pokerface und zugleich deine harmlose Miene aufsetzen. Du hast etwas gesucht. Das ist nichts verbotenes, weißt du?

*

Knatternd passiert der Geländewagen die Palisaden, welche das Anwesen auch, vor den häufigen Sandstürmen schützen sollten.

Sie steht auf der Veranda und sieht ihren Herrschaften entgegen. Wer ist die dritte Person im Wagen? Neugierig versucht sie durch die verstaubte Frontscheibe ins Innere zu sehen. Ein Schatten.

Fast zugleich klappten die beiden Türen jedoch auf. Ein breitkrempiger Filzhut, darunter zwei steingraue Augen. Die Frau stieg dann, auf der anderen Seite des Wagens aus. Eine Windböe fegte Staub und Sandkörner über die Motorhaube. Danach sah Melana langes, schwarzes Haar. Glatt und glänzend. Der zierliche Körper einer jungen Frau schob sich aus der Tür. Melana wurde dann auf einmal leichenblass.

Von einem Augenblick zum nächsten schlich eine unbeschreibliche Kälte durch jede Faser ihres Körpers. Trotz der jedoch alltäglichen Hitze fror sie plötzlich am genzen Leib. Ihre Hände begannen zu zittern und die Knie drohten, jeden Moment ihren Dienst zu versagen. Das konnte einfach nicht wahr sein! Das war unmöglich! Nein! Undenkbar, noch einen klaren Gedanken zu fassen. Melana musste sich krampfhaft an der Dachstütze der Veranda festhalten um nicht das Gleichgewicht zu verlieren.

Sie wollte verschwinden.Sich augenblicklich in Luft auflösen. Ihr Atem raste.Bekam kaum Luft.Das geschied dir recht, Melana. Keinen Augenblick später rannte sie bereits gedankenlos zurück ins Haus. Ihre Kammer! Dort würde sie sich einschließen und nie wieder herauskommen. Nie wieder!

*

Die Tür krachte laut, hinter ihr ins Schloss. Insgeheim sah sich Melana als halbverhungerte Sklavin draußen im Schuppen nächtigen. Sie konnte schon beinahe das Stroh unter sich spüren, als sie sich aufs Bett warf. Draußen heulte der Sandsturm. Oh Gott, nein! Was habe ich denn nur verbrochen? Das konnte einfach kein Zufall sein, oder? Diese verfluchte... Einige Tränen liefen ihr nun aus den Augen und befeuchteten das Bettlaken unter ihr.

Hey Melana,... Ach halt doch endlich deine Klappe. Sie hielt sich beide Ohren zu, obwohl sie wusste, dass das die Stimme in ihrem Kopf nicht zum Schweigen bringen würde. Doch diesmal verstummte sie tatsächlich. Melana war verblüfft, dass es sogar diesem kleinen Quälgeist die Sprache verschlagen hatte.

Das Problem hatte vier Buchstaben. Es waren nur verdammte vier Buchstaben, die sich in den nächsten zwei Jahren an ihr rächen konnten. Genug Zeit, um jemanden in den Wahnsinn zu treiben. Und Melana würde keine Chance haben, gegenzuhalten. Wer war sie hier schon? Sie hob ihren Kopf und warf ihn jedoch mehrmals frustriert gegen die Matratze. Dumm gelaufen! Sie konnte sich nur zu gut in die Lage ihrer Peiniger hineinversetzen. Sofort fielen ihr tausend Dinge ein, die sie an deren Stelle tun würde. Selbst wenn die nicht so einfallsreich war, es genügte allemal, um sie zum Wrack verkommen zu lassen. Aber ehrlich gesagt traute sie dieser Frau jedoch viel mehr zu. Unglücklicherweise! Etwas, dass sich Melana unter gar keinen Umständen antun wollte.

Die würde jedoch keine Gelegenheit erhalten, ihre Spielchen zu treiben, dass schwor sie sich. Vorher ging sie lieber mit wehenden Fahnen unter. Genau das war es! Wehende Fahnen, ein Akt der Verzweiflung.

Es klopft an der Tür.

Servier doch uns das Abendessen, Melana. So in einer halben Stunde, okay?

Melana brummte dann nur etwas unverständliches, das ihre Herrin als Zustimmung auffasste und von der Tür verschwand. Jetzt begann der Horror also.

*

Melana konnte sich kaum auf das konzentrieren, was ihr Hände taten, zu sehr war sie jedoch momentan, in Gedanken versunken. Nachdem sie sich das  zweite Mal an dem dummen

Teekessel verbrannt hatte, warf sie frustriert den Topflappen mit aller zur Verfügung stehenden Kraft in die Raumecke. Bis jetzt war es ihr gelungen, jeder menschlichen Begegnung aus dem Weg zu gehen. Aber spätestens dann beim Servieren des Abendessens war das vorbei. Himmel, sie wollte es nicht tun! Sie hasste es, jetzt nach dem Tablett vor ihr zu greifen und durch die Tür zu marschieren. Da musst du durch, Melana! Sie kniff die Augen fest zusammen und griff nach dem Tablett. Die Tassen und Teller klirrten, als es in ihren zitternden Händen schwebte. Völlig mechanisch stieß ihr linker Fuß die Tür zu Nebenraum auf. Dann war sie in der Höhle des Löwen.

Vereint saß die Familie um den einen Tisch in der Mitte des Raumes.

Der Mann und die Frau hatten wie üblich ihre gewohnten Sitzplätze eingenommen. Nur diesmal saß Mira an der Stirnseite, für Melana sofort zu erkennen, obwohl diese mit dem Rücken zur Tür saß. Fast lautlos, aber mit klirrendem Geschirr näherte sich Melana dem Tisch. Scheu wich sie jedem Blick aus. Mira schien nicht einmal bemerkt zu haben, dass sie im Raum war. Noch größeres Unbehagen bemächtigte sich Melana. Sie spürte den mächtigen Klos im Hals, der einem den ganzen Rachen schmerzen lässt.

Automatisch, wie ein Roboter, verteilte sie das Geschirr auf dem Tisch. Dann die Kanne mit dem Tee. Zuerst goss die iher Herrin ein, wie immer. Zuletzt füllte sie Miras Tasse. Beinahe wäre ihr die Kanne aus ihren Händen gerutscht.

Mira schien sie keines Blickes zu würdigen. Im Raum herrschte Totenstille nur das Ticken einer Wanduhr war zu hören und draußen braute sich vielleicht ein Sandsturm zusammen.

Verstohlen sah sie zu ihren Herrschaften. Wussten sie bereits, was sie mit Mira angestellt hatte? Natürlich wussten die es. Was für eine Frage. Schließlich haben sie Mira ausgelöst. Sie biss sich auf die Unterlippe. Nur schnell raus aus diesem Raum, bevor Melana noch ganz durchdrehte. Himmel, bis jetzt war noch kein einziges Wort gefallen. Eine Standpauke wäre ihr hundertmal lieber gewesen, als das hier. Sie schwankte, verlor fast das Gleichgewicht, als sie nach dem Tablett griff und den Raum verließ.

Hastig lief sie zurück ins Haus, warf die Tür zu und brach in Tränen aus.

Draußen war es inzwischen Dunkel, nur das Oberlicht über der Tür fiel etwas gelbliches Licht aus dem Flur herein. Sie spürte die kühle, gekalkte Wand in ihrem Rücken und sank zu Boden, schluchzend, den Kopf zwischen den Knien. Salzige Tränen rannen an ihren Beinen hinunter auf den staubigen Linoleumboden.

Sie war verloren! Jawohl, sie war eine gottverdammte Verliererin! Jemand, den sie schon immer verachtete. Jemand, den sie hasste, den sie auslachte, schon immer ausgelacht hatte. Diesmal war sie eindeutig zu weit gegangen. „Du hast Mist gebaut, Melana, he,he. Sieh zu, wie du die Sache auslöffelst. Ich kann die nicht helfen. Es ist nur die gerechte Strafe, die dich ereilt, nichts weiter. Es gibt keinen Ausweg, das müsstest du doch nun eingesehen haben.

Die Brandblase an ihrem Zeigefinger schmerzte. Doch Melana nahm das kaum zur Kenntnis.

Sie wusste, dass es kein Entkommen gab, es sei denn...

Wie elektrisiert fuhr sie auf. Die wehenden Fahnen! Jawohl, wenn sie hier blieb, dann war das ihr Ende. Vielleicht würde es ihr Körper überleben, aber ihr Geist? Scheiße noch mal, die hatten kein Recht, ihr das anzutun. Das Einzige, was sie tun musste, war zwei oder drei Stunden abzuwarten. Dann konnte sie...

*

In dem winzigen Kämmerchen war es noch immer dunkel. Melana hatte sehnsüchtig darauf gewartet, dass im Flur endlich das Licht ausging. Das war vor etwas mehr, als einer Stunde. Der drohende Sandsturm hatte sich je wieder gelegt. Jetzt herrschte wieder schweigende Stille. Vorsichtig erhob sie sich und kramte ihre alte Decke unter dem Bett hervor. Die jenige, welche ihr der Aufseher in der Stadt über die Schulter gelegt hatte. Der grobe Stoff zwischen ihren Fingern hatte inzwischen etwas Vertrautes.

Behutsam öffnete sie die Tür zum Flur. Auch draußen war es still. Jeder im Haus schlief. Zumindest hoffte sie das sehnsüchtig. Sie würde hier keinen Tag länger bleiben. Nicht mit Mira! Das war eindeutig zu viel verlangt. Der Schlafraum lag am anderen Ende des Flurs. Direkt gegenüber befand sich die Küche und dahinter der Wohn – und Speiseraum. Der Holzfußboden knarrte, als Melana wie immer barfuß durch die Küche lief. Sie konnte die Vibration der Dielen unter ihren Füßen spüren.

Erschrocken blieb sie stehen und lauschte. Doch da war nichts. Nur das Ticken der Uhr aus dem Nebenraum. Die Tür war nur angelehnt. Noch vorsichtiger betrat sie den Speiseraum. Die Kommode, gleich neben der Uhr. Es war dunkel, doch inzwischen kannte sich Melana hier gut genug aus, um halbblind allen wesentlichen Hindernissen aus dem Weg zu gehen.

Der dritte Schubkasten, rekonstruierte sie im Kopf die Situation von heute Nachmittag. Vorsichtig zerrten ihre Finger die klemmende Kiste auf und tasteten. Ihr Herz raste. Was, wenn er nicht da war? Sie fühlte Papiere, Stifte, Papiertaschentücher, Teelichter, Klebeband, dummerweise auch Reißzwecken, eine Schere und dann hielt sie ihn in der Hand. Den Wagenschlüssel an einem Lederband.

Sie atmete tief durch. Das wäre jetzt geschafft. Soweit sie sich erinnern konnte, stand der Wagen noch mitten auf dem Hof. Der neue Wagen! Der Motor noch lauwarm, müsste sofort anspringen. Was brauchte sie? Das Bündel mit dem Priviant lag noch im Schuppen, in der alten Karre. Treibstoff? Ein oder zwei Kanister sollte sie mindestens einladen. Wenn sie einmal... vorn weg war, konnten die sie nicht mehr erreichen. Dann hatte sie genug Zeit, um nachzutanken. Die Schwierigkeit bestand darin, unbemerkt, vom Hof zu kommen. Zumindest jedoch unbemerkt, alles einzuladen!

Wenn der Motor erst einmal lief... Die hatten keine Chance, ihr zu folgen! Melana schluckte. Die hatten nicht einmal eine Möglichkeit, von hier weg zu kommen.

*Himmel, Melana, du machst dir schon wieder zu viele Gedanken! Sieh lieber zu, dass du all deine Utensilien ins Auto bekommst.*

Konnte sie das tun? Konnte sie die drei hier wirklich einfach zurücklassen? Was, wenn die Strecke selbst für Erfahrene zu Fuß unmöglich zu bewältigen war?

*Melana was tust du da? Vergiss die Schwachköpfe, verdammt noch mal. Du solltest viel lieber die Gelegenheit nutzen, bevor es zu spät ist!*

Melana nickte. Wehende Fahnen! Man konnte jedoch gewinnen, aber manchmal verlor man halt auch. So war das Leben nun mal. Und Melana hatte in der letzten Zeit schon oft genug verloren. Sie spuckte auf den Boden und schlich zurück zum Flur. Der Ausgang lag direkt an den Schlafräumen. Hier musste sie noch, besonders vorsichtig sein. Wenn nur nichtüberall diese knarrenden Dielenbretter wären.

Durch den Türspalt pfiff ihr kühler Wind entgegen. Schnell und lautlos schloss sie diese hinter sich. Sie stand auf der Veranda und sah sich um. Hier draußen wehte der Wind noch immer recht straff. Immer wieder fauchten leichte Sandböen über die Palisadenwände hinweg. Der trockene, tote Hauch der Wüste. Sie sah sich um. Deine Chancen stehen wirklich nicht schlecht, Melana, wirklich!"

Schnell rannte sie hinüber zum Schuppen. Der Sand unter ihren Füßen fühlte sich immer noch warm an. Der Wind würde sicher alle Geräusche, beim öffnen des Tores überdecken.Die Dieselkanister waren schwerer, als sie vermutet hatte.

Aber schließlich hatte sie nicht nur zwei der schweren 20Liter Kanister im Wagen, sondern auch ihr Proviant. Ihr Blick glitt zurück zum Wohnhaus. Bis jetzt sah alles ganz gut aus. Es konnte losgehen. Sie stieg in den Wagen und sperrte den hässlichen Wind nach draußen. Die Plane des Geländewagens flatterte heftig. Sachte glitt der Schlüssel ins Zündschloss, als könnte das klirrende Geräusch über den Hof hinaus schallen. Ihre Hände fühlten sich eiskalt an. Ihr Atem stockte solange, wie der Motor zum Vorglühen benötigte, dann erwachte dieser nun laut kreischend zum Leben.

Es hatte also begonnen!

Das Licht der beiden Scheinwerfer flammte auf und tauchte nun den nächtlichen Hof in ein unnatürliches, grelles Licht. Der Motor heulte auf.

Die Räder warfen Sand, Steine und Staub auf, um den Metallkoloss je nach  vorn, durch die Ausfahrt zu katapultieren.Im Flutlicht der Front und Dachscheinwerfer sah sie die Durchfahrt auf sich zu rasen. Die Freiheit rückte in greifbarer Nähe! Endlich! Hier hatte sie ein Jahr ihres Lebens zugebracht. Der Schlussstrich war längst überfällig.

Der Wagen holperte und dann war sie draußen. Melana sog tief die kühle Nachtluft ein. Hier schien sie völlig anders zu schmecken, als hinter der Einfriedung. Soviel besser! Jetzt war sie frei! Die würden keine Chance haben, ihr irgendwie zu folgen. Sie stand wieder auf eigenen Beinen und ab jetzt würde sie viel umsichtiger vorgehen, dass schwor sie sich. Der Weg führte direkt die nächste Düne hinauf.Ein Blick in den Spiegel zeigt' ihr noch einmal die kleine Oase. Ihr Zuhause. Es wäre es nie geworden! Schlag dir doch nun endlich, diese dämlichen Gedanken aus dem Kopf. Das liegt jetzt hinter dir. Melana nickte in die Stille, ohne ihr Gesicht zu verziehen.

Hey, lächle doch, Melana. Du hast es schließlich geschafft. Und wer hann schon auf so einen geilen Abenteuertrip zurückzublicken? Vielleicht wirst du irgendwann jedoch sogar ein Buch darüber schreiben, und ein Haufen Kohle damit machen, he, he!"

Wieder nickte Melana. „Du hast ja recht!", flüsterte sie in das leere, dröhnende Wageninnere. Doch bevor der Wagen über die Kuppe der Düne kroch, drehte sie sich jedoch langsam noch einmal um und sah zurück. Der Gedanke „lebt wohl" schmeckte jetzt bitter, wie Galle.

Wie lange mochten die hier durchhalten, ohne Verbindung zur Außenwelt? Aber die Welt war nun einmal ein ständiges fressen und gefressen werden, basta! Schließlich war das Schicksal an den Umständen schuld und nicht sie! Melana sah zurück auf den Fahrweg und trat entschlossen aufs Gas. Sand und Staub bildeten eine riesige Wolke, nur das es hier draußen in dieser lebensfeindlichen Einöde niemand gab, der sie auch nun bewundern konnte.

*

Sie war bereits über eine Stunde nun unterwegs,als Melana den Wagen auf einer Anhöhe zum Stehen brachte. Besser den ersten Kanister Diesel gleich auffüllen, als den Tank leer zu fahren und den Motor dann vielleicht nicht mehr in Gang zu bekommen.

Das wäre hier draußen jedoch lebens-
gefährlich.

Die Maschine tuckerte im Leerlauf,
als sie die Wagentür öffnete.

Sofort fauchte ihr ein bitterkalter
Wind entgegen, der ihr um ein Haar
den Türgriff aus der Hand gerissen
hätte. Sie setzte die Füße hinaus in
den Sand. Da war nichts mehr von
der Restwärme des Tages zu spüren.
Früher hätte sie nie geglaubt, wie kalt
es nachts hier werden konnte. Die
kalten Körner rieben zwischen ihren
Zehen, doch sie hatte schon seit
einem Jahr keine Schuhe mehr
getragen, so dass es inzwischen nicht
mehr störte.

Melana sah sich um, versuchte in die
Ferne zu blicken. Vielleicht waren ja
schon irgendwo Lichter zu sehen.
Doch der Himmel verwandelte sich
schnell, in ein trübes, Blauschwarz.

Sie zerrte den Kanister von der Ladefläche und öffnete den Tankdeckel. Der Wind biss in die Augen und zerzauste ihre Haare, so dass sie kaum noch etwas sehen konnte. Dicke Sandwolken zogen über sie hinweg, und zwischen ihren Zähnen knirschte der Sand. Melana spuckte. Sie wollte wieder ins Wageninnere. So schnell wie möglich.

Endlich war der Kanister leer. Sie ließ ihn in den Sand fallen und rannte zurück zur Fahrertür. Erst jetzt begann sie sich langsam einen Begriff davon zu machen, wie viel Schutz die Palisadenwände geboten hatten. Jetzt war aber auch nicht der geeignete Zeitpunkt,um irgendwelche Gedanken nachzuhängen. Sie musste weiter. Konzentriert. Schnell, und ohne viel nachzudenken. Schaukelnd begann sich der Wagen zu bewegen.

Dann bretterte sie den Abhang steil hinunter und auf der gegenüberliegenden Dünen wieder hinauf. Dunkle Sandschwaden zogen durch die Lichtkegel der Scheinwerfer. In den letzten Minuten hatte der Wind drastisch zugenommen. Es war sehr anstrengend, vor der Motorhaube überhaupt noch etwas zu erkennen und auf dem schmalen Weg zu bleiben. Ihre Augen versuchten, den dahin treibenden Sand jedoch zu durchdringen. Der Wagen kippte über den Kamm der nächsten Wanderdüne und rutschte den Sandabhang auf der anderen Seite hinunter. Wie oft hatte sie das nun schon hinter sich? Das konnte man kaum mehr als Fahren bezeichnen. Doch irgendwie fing sich der Wagen immer wieder. Melana starrte nach draußen und versuchte die Reifenspuren wieder zu finden.

Der schmale Weg. Ihr Leidfaden in die Freiheit.

Hey, Melana, was heißt hier Leitfaden in die Freiheit? Du bist doch frei! Du kannst jetzt tun und lassen, was du möchtest, oder etwa nicht? Und das alles hast du nur mir zu verdanken, he, he. Vergiss das nicht!"

Schon gut, sie hatte jetzt wirklich andere Probleme, als sich in ein Selbstgespräch verwickeln zu lassen. Sie musste jetzt die verfuchte Wagen- spur wieder finden. Das war nur eine Frage der Zeit, aber schließlich wollte sie dieses Erlebnis so schnell wie möglich und unbeschadet über die Bühne bekommen.

Sie fuhr im Dünental entlang. Dort vorn, das konnte der Weg sein. Konnte? Melana, ist er es nun, oder nicht? Sag doch nun etwas!

Sie hob die Schultern.

In dem Sandtreiben war kaum etwas zu sehen. Zwanzig Meter weiter atmete Melana auf und schlug das Lenkrad voll ein. Endlich. Gott sei Dank. Wenigsten hatte sie ihren Weg wieder. Keuschend kämpfte sich der Wagen die nächste Düne empor. Der Sturm riss an der Plane, so dass Melana Angst bekam, er würde den Wagen umwerfen. Zum Glück hatte sie vorher getankt. Jetzt würde sie sich nicht mehr allzu gern dort hinaus wagen. Die Luft schien zu brodeln, wie in einem Hexenkessel. Der Scheibenwischer stand auf höchster Stufe, aber das veränderte die Sichtbedingungen nicht wesentlich.

Kreischend kippte der Wagen den nächsten Abhang hinunter. Sofort versuchte sie sich zu orientieren, um nun, die zwei vertrauten Wegstreifen wieder ins Blickfeld zu bekommen.

Aber das hier, sah eher nach allem anders aus, als nach ihrem Weg. Sie würde umkehren müssen. Auf der Strecke zurück, die sie gekommen war. Solange, bis sie wieder sicher sein konnte, auf der richtigen Strecke zu sein. Verdammt, dabei hatte sie sich jedoch vorgenommen, keinen Schritt zurück zu machen. Doch unter diesen Umständen...

Der Wagen drehte im Dünental und holte jetzt Schwung, um auf seinen eigenen Spuren den Hang hinauf zu kriechen. Das Auto holperte. Die Steuerung war jedoch unter diesen Bedingungen sowieso eher mit der eines Bootes vergleichbar. Unter Vollgas kämpften sich die Räder dem Kamm entgegen. Melana versuchte noch am Lenkrad, krampfhaft, jeden seitlichen Ausbrechen entgegenzu-steuern.

Doch wenige Meter vor der Kuppe gab der Motor auf. Mit einem Plupp ruckte der Wagen und es herrschte Stille unter der Haube. Langsam rutschten die Räder zurück ins Tal.

Shit!", entfuhr es Melana. Das war zwecklos an dieser Stelle. Schließlich hatten Dünen dummerweise immer eine flache und eine Steile Seite. Was hatte sie denn jetzt, für Optionen? Vielleicht sollte sie im Dünental entlang fahren, bis sie irgendwo diesen Misthügel überqueren konnte. Das wäre ein höllischer Umweg. Aber vielleicht traf sie ja unterwegs... auf den Fahrweg? Und wenn nicht? Sie musste diesen Gedanken schnell unterdrücken. Mit allen Mitteln bekämpfen. Nein, sie kannte die Richtung! Bis jetzt war sie die ganze Zeit quer zu den Dünen gefahren. Warum zum Teufel, sollte sie das nun nicht einfach weiter so handhaben. Es war die Richtung des Fahrwegs und somit auch ihre Richtung. Ohne sich noch weiter zu verunsichern, startete sie den Motor erneut, legte den ersten Gang ein und fuhr den Hang der nächsten Düne hinauf.

Den Gedanken, dass ihre Theorie nur dann einen Sinn ergab, wenn alle Dünen parallel verliefen, wollte sie gar nicht denken.Dünen sind parallel, basta! Aber waren sie das wirklich?

*

Langsam hatte es Melana satt. Hügel für Hügel, Tal für Tal, und alles sah gleich aus. Und immer, wenn der Wagen über den Kamm einer Düne hinunter in die nächste rutschte, stockte ihr jedes Mal der Atem. Zum Teil gruben sich die Räder bis zur Nabe ein.

Sie fror, obwohl der Heizungsregler am Anschlag stand. Wie spät war es wohl inzwischen. Windböen ließen den Geländewagen erzittern,brachten ihn aus seiner Bahn. Melana plagte ein schlechtes Gefühl. Vielleicht so, wie man sich auf dem Weg zum elektrischen Stuhl fühlt. Sie konnte das nicht beurteilen.Wahrscheinlich gab es überhaupt nur sehr wenige, die das konnten.

Die Form der Dünen hatte sich ebenfalls verändert. Anstatt schöner Regelmäßigkeit bildeten sie nun das blanke Chaos. Schnaufend erreichte der Motor den Kamm der nächsten Düne.

Melanas Augen versuchten nun den gelben Sandschleier zu durchdringen. Im letzten Moment riss sie das Lenkrad herum. Verflucht, ging das hier steil hinunter.

Jetzt hing der Geländewagen schräg auf dem Kamm.

Doch der Wagen bewegte sich, als sie Gas gab. Ihr Atem raste, das war heftiger als Achterbahn. Sie musste dort hinunter! Wenn sie zurück, würde sie spätestens vor dem nächsten Kamm hängen bleiben. Konnte sie sich hier hinunter rutschen lassen? Die Talsohle war in der sandgesättigten Luft gar nicht mehr zu sehen.

Nein, sie wollte nicht! Das ging zu weit. Hier blind hinunter zu fahren das war Selbstmord. Sie legte den Rückwärtsgang ein.

Nichts in der Welt bringt mich dort hinunter. Eine Sandböe schien das Auto umwerfen zu wollen. Die Plane peitschte wie wild gegen den Stahlramen.Ich warte,bis der Sturm vorbei ist. Und zwar da hinten unten!"

Sie gab Gas,der Wagen ruckte erneut, schwankte auf dem Kamm hin und her. Ein Windstoß riss das hintere Teil der Verdecks auf. Sofort befand sich Melana in einem Strom aus beißendem Sand und eisiger Luft. Der Boden unter den Vorderrädern gab nach und das Fahrzeug rutschte den Steilhang hinab. Melana jedoch umklammerte das Lenkrad, jedoch nicht um zu steuern, sondern sich vor einem Sturz durch die Frontscheibe zu bewahren. Ihre Schulter flog gegen den Türgriff. Die Welt schien sich zu drehen. Ein heftiger Stoß. Irgendwo splitterte Glas.Das Lenkrad riss sich von ihren Händen los und der Wagen schlingerte in einem harten Bogen. Die jedoch, seitswärts rutschenden Räder hakten in irgendeine Vertiefung im Hang. Melana flog aus ihrem Sitz.

Der Wagen bäumte sich auf, stellte sich auf die Seite. Der Horizont dreht sich vor der Windschutzscheibe. Irgendwas Hartes schlug Melana in die Seite, dass ihr die Luft weg blieb. Ihr Körper wollte sich übergeben, doch der Schlag gegen ihren Kopf ließ es noch viel früher dunkel werden. Noch dunkler, als es sowieso schon war.

\*

Als Melana erwachte, roch sie zuerst einen beißenden Dieselgeruch, dann spürte sie den Schmerz. Wie lange war sie weg gewesen? Zumindest war es noch immer stockdunkel und der Sturm tobte auch noch. Das Innere das schräg auf dem Dach liegenden Wagens war inzwischen halb mit Sand gefüllt. Ein Scheinwerfer strahlte noch in den düsteren

Himmel, soviel sah Melana durch die zersplitterte Frontscheibe. Der Motor war längst erstickt. Wenigstens trieb der Wind den Sand nicht mehr ins Innere. Wahrscheinlich waren alle, Öffnungen und Ritzen zugeweht.

Melana schüttelte sich den Sand aus den Haaren. Oh Gott, ihr Kopf schmerzte, ihre Schulter schmerzte, ihr Bauch... „Shit". Das war ein leises Flüstern. Sie hustete und spuckte den Sand aus. Es war kalt hier. Hundekalt. Irgendwo lief Diesel aus. Ob der sich irgendwo entzünden konnte. Sie hoffte nicht. Melana kniff die Augen zusammen. Es kratzte, scheuerte und tat weh. Sie wollte sich nicht auf den Tod vorbereiten. Das war nicht fair. Sie war noch nicht breit. Zum Glück hatte sie ihre harte Decke dabei.Hoffentlich war die Kälte bald vorbei.

*

132

Mit dem Morgengrauen ließ auch der Sturm nach. Binnen Minuten setzte sich der Sand jedoch am Boden ab und hinterließ klare, trockene Luft. Melana befreite sich aus dem Wrack, das jedoch, fast vollständig im Sand begraben lag. Sie stapfte die Düne hinauf durch den kalten Sand und blickte in die Ferne.

Der Himmel, welcher sich scheinbar unendlich weit über ihr ausbreitete, war stahlblau und völlig wolkenlos. Am Horizont entdeckte sie einen glühenden Punkt. Zuerst dachte sie an ein Feuer, ein Licht. Doch von Sekunde zu Sekunde wuchs das Glühen an,bis sich die Sonne,blutrot, hinter dem Horizont abhob. Melana genoss die wärmenden Strahlen. Dort war also Osten!

Sie versuchte sich zu erinnern, aus welcher Richtung die Sonne bei ihrer

Fahrt aus der Stadt gekommen war. Das war jedoch nicht so einfach zu sagen. Schließlich war es später Vormittag gewesen und die Sonne stand fast im Zenit. Aber ihr war, als habe sie anfangs den Wagen hauptsächlich von hinten bestrahlt. Später am Tag sind sie dann jedoch, der Sonne entgegen gefahren.

Was hieß das also nun? Aber wie es nun aussah musste sie sich ostwärts halten.

Sie blickte gegen die Sonne. Dort lag also ihr Ziel? Kaum zu glauben. Dort gab es jedoch nichts als Sand, endlos scheinenden Sand. Niedergeschlagen griff sie nach ihrem Kopf, der noch immer schmerzte. Reiß dich jetzt zusammen, Melana. Du musst es schaffen, es ist deine einzige Wahl. Zurück zur Oase war ein Ding der Unmöglichkeit.

Schließlich wusste Melana, wie weit sie bereits davon entfernt war. Und die Chancen, diesen kleinen Lebensfleck im großen Nichts zu verfehlen waren deutlich höher. Unglücklich rutschte sie nun langsam, zurück zum Geländewagen.

Der Anblick erschütterte. Das sie sich selbst überhaupt noch, je, bewegen konnte, grenzte an ein Wunder. Hier bestand keine Hoffnung mehr.

Mühsam grub sie ihren Proviant und die raue Decke aus dem Wagen raus. Sie würde es zu Fuß schaffen. Sie musste einfach!

\*

Die Sonne stand bereits hoch am Himmel, als Melana noch immer von Düne zu Düne lief. Alles um sie herum kochte und brodelte. Ja, der Sand, der bei jedem Schritt schmerzte.

Du kannst es dir jedoch nicht leisten, dich um solche Kinkerlitzchen zu kümmern. Unermüdlich setzte sie einen Fuß vor den anderen. Am Hang jeder Düne hoffte sie,vom Kamm aus irgendeinen Zipfel der Zivilisation zu entdecken. Doch genauso oft wurde diese Hoffnung schon zerstört.

Die raue Decke hatte sie über ihren Kopf gelegt. Es war schon schwer genug, bei dieser Hitze noch einen klaren Gedanken zu fassen. Durch die Sonne waren die Kopfschmerzen nur stärker geworden. Manchmal glaubte Melana, das Hämmern würde ihre Schädeldecke zertrümmern. Immer wieder griff sie mit den Fingern nach ihrer Schläfe, nur, um sich zu überzeugen, dass da absolut nichts vibrierte.

Dann brannte ihr jetzt auch noch die Sonne im Rücken.

Sie folgte einfach nur ihren dunklen Schatten, der ständig vor ihr davonlief, immer, wenn sie einen Fuß in ihn hineinstellen wollte. Erschöpft blieb sie auf dem Kamm einer Düne stehen.

Auch von dieser Düne sah sie nichts als Sand. Endlos erschöpft sank sie auf die Knie. Sie beugte sich nach vorn, bis ihr Kopf den heißen Sandboden berührte. Nein, nein! Doch sie fühlte sich schwach, verlassen am Ende. Sie würde heute überleben. Die Nacht sicher auch noch. Der morigige Sonnenaufgang? Oh Gott, es würde wieder genauso heiß werden. Du musst weiter, Melana. Nur weiter! Wenn du jedoch hier liegen bleibst, dann hast du bereits verloren.

Sie raffte sich auf, obwohl sie nicht die geringste Lust dazu verspürte.

Meter für Meter. Es gibt jedoch auch nichts anderes.

Die folgende Nacht war für sie, die schrecklichste ihres Lebens. Der Wind fauchte zwar nicht ganz so schlimm, wie am Tag zuvor, doch die Kälte fuhr in alle Glieder ihres geschwächten Körpers. Die raue Decke half etwas, sonst wäre sie wahrscheinlich erfrohren.Irgendwann kam sie zu dem Entschluss, sich im Sand einzugraben. Das half etwas, doch schlafen konnte sie trotzdem nicht. Es war Stockdunkel und still. Was gab es hier so unheimliches?

Sie zitterte stark und erwartete voller Unbehagen den nächsten Morgen.

Die Sonne kam bestimmt. Wie jeden Morgen dauerte es nicht lange, bis sie mit voller Gewalt auf das karge Land prasselte. Melana schleppte sich unermüdlich vorwärts.

Ihre Vorräte waren gestern Abend zur Neige gegangen. Wenigstens hatte sie jetzt nicht mehr so viel zu schleppen. Die kochende Luft flimmerte über dem staubigen Sandboden. Doch manchmal verschwamm ihr das Bild inzwischen auch vor den eigenen Augen. Bunte Sterne tanten und verschleierten ihren Blick. Wie weit konnte es denn noch sein, verdammt noch mal?

Doch aus der Einöde bekam sie keine Antwort.

Mit schwindenden Kräften kroch sie den Hang einer weiteren Sanddüne empor. Der Kamm ragte über die umliegenden Dünen hinaus und beinahe hätte sie es übersehen. Es dauerte einige Momente, bis die Information ihr Gehirn erreichte. Da war etwas! Etwas von Menschen Erbautes.

Wie elektrisiert sprang Melana auf und stürmte los. Aud dem nächsten Kamm sollte sie es schon deutlicher erkennen können.

*

Doch als sie dort angekommen war, erstarrte Melana.Das war unmöglich! Sie sah noch einmal hin, doch an dem Bild änderte sich nichts. Sie starrte auf eine Palisadeneinfriedung. Dahinter lag eine kleine Oase. Oh Gott, das darf doch nicht wahr sein, oder. Aber wäre ihr Geist lieber in der Wüste vertrocknet, als jetzt hierher zurückzukehren. Was konnte sie ihren Herrschaften erzählen? Gab es überhaupt eine Rechtfertigung für das unverschuldete Todesurteil, welches sie über die Bewohner dieser Oase verhängt hatte? Sie kniff die Augen zusammen.

Nein! Sie würde jedoch, niemals dort hinunter gehen! Doch ihre Beine strebten bereits der Einfriedung entgegen.

Sie passierte den Eingang. Alles schien noch genauso, wie zum Zeitpunkt ihrer Flucht. Völlig unberührt. Im Hof hatten sich Sandverwehungen gebildet. Die Haustür stand sehr weit offen. Sie trat ein.

Hallo?"

Doch im Haus war es totenstill. Sie schwankte zur Küche, durchsuchte das Esszimmer, danach die Schlafräume. Nirgends zeigte sich ein Lebewesen. Ihr Körper schrie nach Wasser, deshalb stürmte sie zur hinteren Tür hinaus, den Abhang zum Tümpel hinunter. Ein beißender, fauliger Gestank schlug ihr entgegen und dann sah sie es.

Melana hielt erschrocken inne.

Melana hielt sich erschrocken die Hand vor den Mund und kniff die Augen zusammen. Der Schatten vor ihr! Nichts weiter als eine grausige Silhouette vor der gließenden Sonne. Ohne ein Geräusch zu verursachen schwang er leicht hin und her. An einem Strick vor der mehr als zehn Meter hohen Palme.

Mit zusammengekniffenen Augen und einen unterdrückten Schrei wandte sich Melana ab und rannte vorbei. Ihr Körper brauchte Wasser. Diesen Weg war sie schon hunderte Mal gegangen. Sie fand sich zur Not auch blind zurecht, sie kannte jeden einzelnen Stein, doch nie waren ihr die Stufen jedoch so schwer gefallen. Wasser! Der Tümpel vor ihr. Sie ignorierte den Verwesungsgestank. Gierig fiel sie auf die Knie und tauchte ihren Kopf ins Wasser.

Danke Gott, sie hatte es geschafft. Irgendetwas berührte unter Wasser ihre Lippen. Sie riss die Augen auf und schrie entsetzt auf. Aus dem Wasser starrten ihr Miras leere, aufgequollene Augen entgegen. Ihr Gesicht war bleich. Zeigte einen bläulich grünen Schimmer. Fast wäre sie vornüber hineingefallen.

Erschrocken versuchten Melanas Hände irgendwo Halt zu finden. Sie griff ins Wasser und erwischte Miras schwammigen, aufgedunsenen Leib. Ihre Finger griffen durch die flockige Haut in das von Maden und anderem Getier wimmelnde Innere. Wasser sprizte ihr entgegen.Der Gestank war unerträglich.

Du musst trinken, Melana!

Doch ihr drehte sich der Magen um, nur daran zu denken. Sie konnte es nicht.

Sie konnte einfach keinen Schluck nehmen. Stattdessen schmeckte sie den eklig bitteren Geschmack, bevor sie sich übergab.

Melana sackte zu Boden. Die Hitze war unerträglich. Ihre Hände fühlten den Sand. Ihr Gesicht schnappte gierig nach dem Erbrochenen auf dem Boden. Sie schmeckte Sand zwischen den Zähnen. Die Schwärze vor ihren Augen begann langsam nachzulassen. Melana kam zu sich. Nein! Sie wollte nicht trinken! Nie wieder! Sie sah zur Seite, was eine enorme Anstrengung forderte. Was für eine Leistung. Das grelle Weiß stach in ihren Augen. Da war Sand, nichts weiter als Sand! Inmitten der endlosen Wüste, soweit das Auge reichte. Melana vermutete, sich den Blick nach der anderen Seite, jedoch schenken zu können.

Sie musste Kräfte sparen. Nur so würde sie bis heute Nacht überleben. Die Nacht! Sie würde nie wieder etwas trinken! Der Atem zieht Sand durch die Nase. Ihr verschwamm das Bild vor Augen. Sie will nicht wieder träumen.Nein! Nein! Doch die Nacht, welche sie mit einem langen dünnen, schwarzen Faden einzuspinnen begann,hörte nicht auf ihr Gejammer. Ein dünner Faden. So lang, bis alles ringsum in vollständiger Dunkelheit versunken ist. Wehende Fahnen, Melana! Doch dann herrschte, jedoch plötzliche Windstille.

*

Melana hustete, und spuckte. Da war der bittere Geschmack im Mund. Sie wusste noch immer nicht, wo sie sich befand. Sie spürte nur die eiskalte Wand in ihrem Rücken und auch den staubigen Linoleumboden unter sich. Ihre Finger krallen sich um die raue Decke. Das letzte, was ihr noch geblieben war. Damals, so erschien es ihr jetzt, als sie diese Decke bekommen hatte, war es ihr noch verhältnismäßig gut gegangen, Es war dunkel in dem Kämmerchen, nur durch das Oberlicht über der Tür strahlte etwas Licht vom Flur herein. Sie zog die Decke an sich. Es war kühl. Unangenehm kühl. Gott sei Dank! Sie musste Trinken. Doch schon bei dem Gedanken drehte sich ihr der Magen um. Was hatte sie nur getan? Sie würde verenden, bald!

Erst langsam wurde sich Melana bewusst, dass sie an einer kalten Wand lehnte. Einer richtigen Wand. Sie konnte sich kaum vorstellen, dass das der Tod war. Es sei denn, der Tod war etwas völlig sonderbares...

Nein! Sie saß hier in einem kleinen Zimmer, an der Wand gelehnt. Ihr war kalt. Es war dunkel. Ihr Rücken schmerzte. Sie hatte Durst. Ihre Hände hielten eine raue Decke umklammert.

Sie schüttelte sich, um einen klaren Kopf zu bekommen. Dann rieb sie sich vorsichtig den Staub aus den Augen. Wo zum Teufel war sie denn überhaupt?

Es dauerte jedoch über eine Minute, bis Melana wieder völlig zu sich gekommen war. Sie sah zur Seite. Da stand ihr Bett. An der anderen Wand gegenüber befanden sich wie immer, der Bücherschrank und das riesige Bild, welche die Niagarafälle zeigte. Sie hatte es damals, auch für sich selbst ausgesucht.

Ihr Wecker tickte auf dem Nachttischschrank, direkt neben ihr.

Die Uhr zeigte 4:37... Es war noch dunkel draußen. Verkrampft hielt sie ihren Bettvorleger umklammert, mit dem sie sich unbewusst zugedeckt hatte. Auf ihren nackten Oberarmen bildete sich eine Gänsehaut. Was war denn nur passiert?

Melana stand auf und versuchte, ihre schmerzenden Gelenke wieder in Gang zu bringen.

Ein böser Gedanke bohre in ihrem Kopf. Träumte sie etwa schon wieder? War das ein automatischer Schutzmechanismus ihres Geistes, den qualvollen Tod in der Wüste vor ihrem Innersten je zu verbergen? Vielleicht! Mit Sicherheit konnte sie das nicht widerlegen.

Himmel, vielleicht lag sie ja, noch immer da draußen auf dem heißen Sand!

Was sollte sie denn tun?

Melana lief ins Bad und stellte sich unter die Dusche, um einen klaren Kopf zu bekommen. Vielleicht war dies das Leben nach dem Tod? Oder das nächste Leben? In ihrer eigenen Wohnung, die sie sich jedoch, selbst eingerichtet hatte? Das wäre schon reichlich seltsam, oder?

Vielleicht bekam sie aber auch nur eine neue Chance. Eine Chance, um Fehler wieder gut zu machen.

Welche Fehler?

Sie hatte geträumt, nichts weiter! Eine Lösung, die ihr auch, am besten gefiel. Eine einfache Lösung dieses Dilemmas!

Aber alles war so realistisch...?

Ein Geist hat sich irgendwelche abstrusen Dinge zusammengereimt, Melana, nichts weiter. Du solltest diese hässliche Nacht so schnell wie möglich wieder vergessen!

Aber was, wenn sie damit falsch lag? Das war genauso wenig zu beweisen, wie die These, dass sie noch immer im Wüstensand lag und phantasierte.

Sie schüttelte den Kopf. Das war ja völliger Unsinn!

Heute sollte ihr großer Tag werden! Das ließ sie sich durch nichts und niemanden vermiesen. Schon gar nicht von einem idiotischen Traum. Sie würde dahin fahren, die endlosen Reden über sich ergehen lassen und letztlich ihren wohlverdienten Preis empfangen. Andre, dieser Schwachkopf, würde Augen machen. Die Dankesworte hatte sich Melana schon zurechtgelegt.

\*

Als Melana nach dem Frühstück im Auto saß, war ihr inzwischen klar, dass dieser intensive Traum nicht so schnell zu vergessen war, wie sie sich anfangs jedoch eingebildet hatte. Die verlassene Straße führte am einsamen Stadtrand entlang. Im Radio laberte das tägliche Morgenteam, doch in Gedanken war sie bereits bei der Preisverleihung. Plötzlich holperte der Wagen. Melana starrte erschreckt auf die Fahrbahn. Vor ihr hatte der Wind über eine zehn Meter lange Strecke Sand vom Straßenrand über die Fahrbahn geweht. Fast verlor sie die Kontrolle über das Fahrzeug, als es mit voller Geschwindigkeit jedoch durch die Wehen schlingerte, sich um neunzig Grad schnell drehte. Das alles geschah so schnell, das Melana kaum Zeit fand, zu reagieren. Im letzten Moment riss sie das Lenkrad herum und der Wagen kam dann mit kreischenden Reifen zum stehen. Kreidebleich stieg Melana aus.

Sie schwankte. Was zur Hölle...?
Ihr Blick ging die Straße zurück, auf
der sie gerade gekommen war. Keine
Spur von Sand! Sie schlug sich gegen
den Kopf. Das musste aufhören,
verdammt noch mal. Sie brauchte
einen klaren Kopf. Sie fasste einen
Entschluss. Sollte Andre doch diese
verfluchte Reise bekommen und
damit glücklich werden. Sie selbst
würde sicher vor völlig bescheuerter,
unbegründeter Angst nicht einmal in
dieses Flugzeug steigen können.
Das ist Blödsinn, Melana. Du weißt
das es nur ein Traum war!
Natürlich wusste sie das. Aber diese
Entscheidung fühlte sich irgendwie
gut an.

*

Der Saal war prall gefüllt. Die Laute
im  Auditorium verschwammen jetzt,

zu einem Hintergrundrauschen. Die Scheinwerfer tauchten die Bühne in ein helles Licht. Es war warm und etwas stickig. Melana saß in der ersten Reihe und sah hinauf zum Rednerpult. Die Direktion verlas bereits seit über zwanzig Minuten ihren Abschlussbericht des letzten Jahres. Laut Tagesordnung sollte jedoch, danach, die Prämierung der Elite stattfinden. Hier, vor sämtlichen Mitarbeitern. Als Ansporn. Und auch als Vorbildwirkung.

Melana wusste, was sie da oben auf der Bühne zu tun hatte. Aber wie sollte sie es anstellen, dabei auch noch das Gesicht zu wahren. Das würde jedoch sehr schwierig werden. Selbst für sie!

Ihr Name, jetzt war es soweit. Sie schrak zusammen. Dann erhob sie sich und schritt bewusst zur Treppe.

Auf der Bühne drehte sie sich um und sah zum ersten Mal von oben in die vielen hundert Gesichter. Sie begann zu schwitzen. Musste, das denn jetzt sein?

Ja, es muss sein , Melana, he, he! Nur für dich!"

Sie ging auf den Abteilungsleiter zu, der ihr bereits seine Hand entgegenstreckte. Doch Melana räusperte sich und schüttelte den Kopf. Erstaunt zog ihr Chef eine Augenbraue hoch, doch er überließ ihr bereitwillig das Mikro.

Bist du dir wirlich im Klaren darüber, was du jetzt sagen willst, Melana?

Und Melana erzählte und erzählte...

Es ist erfreulich, dass es am heutigen Tag soviel Grund zum Feiern gibt. Deshalb bitte ich jetzt Andre Boche auf die Bühne. Kommst du Andre?

Ihre Augen suchten in der Menschenmenge nach einer Bewegung.

Denn nicht mir, sondern ihm gebührt diese Ehrenvolle Auszeichnung!" Rasender Applaus ertönte.

Es war heraus. Endlich! Erleichtert sah sich Melana um. Es war doch gut gelaufen, verblüffend gut, oder? Schon allein für diesen Geniestreich gebührte ihr eine Medaille.

Das grelle Licht der Scheinwerfer brannte heiß auf der Bühne. Es war je schwierig,alle Gesichter im Publikum zu erkennen. Doch Melana war doch noch zuversichtlich, dass Andre jetzt vorkommen würde. Schließlich lief alles so, als wäre  das alles, vorher so geplant gewesen.

Sie schattete mit der Hand die Augen ab, um besser sehen zu können. Mein Gott war das heiß hier oben. So viele Gesichter. Die wenigsten davon kannte sie. Doch einige davon kamen ihr unheimlich bekannt vor.

Sie erschrak heftig. Wäre beinahe nach vorn gestolpert. Das gab es doch nicht. Doch als sie wieder hin sah, hatte sich das Bild, jedoch nicht verändert. Nein, er saß da! Mitten unter den Angestellten. Zwar fehlten der breitkrempige Hut und die weiten Kakihosen, doch die steingrauen Augen blickten traurig zu ihr hinauf. Das gab es doch nicht? Doch Melana entdeckte auch die Frau an seiner Seite. Das konnte gar kein Zufall mehr sein.

Sie sah sich weiter um. Alle waren sie gekommen. Die Sicherheitsleute vom Flughafen, das Wachpersonal. Selbst Old Weißhaar mit seiner Nickelbrille befand sich unter den Massen. Und sie alle sahen ihr vorwurfsvoll in die Augen. Melana begann zu zittern.

Stimmt etwas nicht, Frau Bados?"

Besorgt sah der Abteilungsleiter sie an... sie sehen mit einem Mal... sehr blass aus."

Melana fuhr erschrocken herum und schüttelte den Kopf. „Es geht schon wieder. Wahrscheinlich das Licht! Dieses heiße Licht!"

Endlich kam Andre langsam über die Treppe zur Bühne. Melana wollte das jedoch, alles nur noch schnell hinter sich bringen.

Hallo Andre. Ich hoffe doch, dass uns diese Überraschung gelungen ist?" Sie reichte ihm ihre schweißnasse Hand. Das Publikum würde das nicht sehen können!

Okay, dann bitte ich hiermit unsere schöne Assistentin, den Preis hereinzubringen..., fuhr der Abteilungsleiter fort, um die Rede nun wieder an sich zu reißen und die Situation unter Kontrolle zu bringen.

Der Vorhang an der Bühnenseite, der bewegte sich, und ein glänzender Pokal wurde ins helle Rampenlicht getragen. Ein Ah ging durch den Saal, aber Melana hätte beinahe der Schlag getroffen.

Im Abendkleid sah sie so anders aus, aber mein Gott, das war Mira! Sie brachte den Pokal mit dem Reisegutschein. Sie kam direkt auf sie zu. Dieser Blick. Dieser vorwurfsvolle, und traurige Blick!

Bitte nicht!

Doch Mira kam unaufhaltsam näher. Es handelte sich keines falls um eine optische Täuschung,oder gar um eine Verwechslung. Sie war es tatsächlich. Melana zitterte sehr, als sie den Pokal entgegen nahm.

Mira verbeugte sich höflich. Dann trat sie zum Mikrofon.

Ja, Frau Bodos, haben sie uns allen

nicht auch noch einige Details mitzu-
teilen?"
Melana sah in Miras großen Augen.
Diese nickte aufmunternd.
Oh Gott! Jetzt war es doch zu Ende.
Schluss mit all dem Versteckspiel.
Keuchend griff Melana nach dem
Mikrofon.
Du hast Recht, Mira! Es muss jetzt
endlich raus! Also gut. Ich habe diese
Datenmanipulation veranlasst. Aber
nicht um diese Sicherheitslücke auf-
zudecken. Nein, ich wollte die Beste
sein,um jeden Preis. Durch dich Mira
ist mir so einiges klar geworden. Ich
hoffe, du kannst mir noch verzeihen."
Sie sah Andre mit flehendem Blick
an. Dieser war wie vom Donner
gerührt. Sie überreichte ihm die
Trophäe.
Du hast sie dir verdient."
Andre zögerte nun, doch dann griff er

nach dem Pokal und nickte. „Es geht doch nichts über den anerkennenden Händedruck eines Kontrahenten." Er lächelte sie an. „Danke, Melana."

Melanas Gesicht wurde feuerrot. Rasender, langanhaltender Applaus aus dem Puplikum während alle drei zurück zum Bühnenausgang liefen. Mira drängelte sich an Melanas Seite und stieß sie sachte an. Diese drehte sich zu ihr um, und entdeckte deren verstörten Blick.

Wenn ich das geahnt hätte, Frau Bodos. Die Details! Sie sollten die Details der Reise schildern. Wohin, der Wert, so ein paar Kleingkeiten halt."

Melanas Mund blieb offen. „Was? Ich dachte du wolltest... Ich hatte ja keine Ahnung."

Hat es nun, auch wenigstens etwas gebracht, Frau Bodos."

Diese atmete tief durch. „Ich glaube schon, Mira. Das hat es gewiss, mit Sicherheit."

Diese sah sie darauf, mit einem breiten Grinsen an.

Ich glaube, sie müssen mich mit jemandem verwechseln. Mein Name ist nicht Mira!"

Kurze Zeit später war sie dann in der Menschenmenge verschwunden.

Was war das?

War das alles nur ein Traum?

\*

162

163

*

ENDE